A noite não é eterna

COLEÇÃO TRÁS-OS-MARES

coordenação

Renato Rezende e Maria João Cantinho

projeto gráfico

Sergio Cohn

capa

Lucio Ayala

revisão

Paulo Henrique Pompermaier

distribuição

Editora Hedra

edição adotada

A noite não é eterna, Alfragide, Oficina do livro, 2016

Com o apoio da Direção-Geral do Livro, dos Arquivos e das Bibliotecas – DGLAB / Cultura / Portugal

Dados internacionais de Catalogação na Publicação – CIP

S586
Silva, Ana Cristina
A noite não é eterna / Ana Cristina Silva. – Rio de Janeiro: Circuito; Lisboa: DGLAB, 2020. (Coleção Trás-os-mares).
130 p.

ISBN 978-65-8697-404-1

1. Literatura Portuguesa. 2. Romance. I. Título. II. Série. III. Direção-Geral do Livro, dos Arquivos e das Bibliotecas (DGLAB).
CDU 821.134.3 CDD 869.3

2020

www.editoracircuito.com.br

A noite não é eterna

ANA CRISTINA SILVA

REPÚBLICA PORTUGUESA

CULTURA

DIREÇÃO-GERAL DO LIVRO, DOS ARQUIVOS E DAS BIBLIOTECAS

2020

Sumário

À minha mãe
Ao Mário

I

Na semana antes de o marido lhe levar o filho, uma desconhecida meteu conversa com Nadia na paragem do autocarro. Logo ao primeiro olhar, algo na aparência da mulher a repeliu, enquanto lhe deixava a impressão de se lembrar daquele rosto. Era uma recordação nebulosa, como a de uma vida anterior. Estranhamente, para a hora de ponta em Bucareste, nesse dia não havia ninguém naquela paragem iluminada pela luz fosca de um distante candeeiro. Num sussurro, no meio das sombras, a mulher identificou-se. Chamava-se Sofia. Então, Nadia lembrou-se: afinal não era uma estranha, fora sua colega de carteira na escola primária e o pai dela havia sido preso como anti-revolucionário; a notícia espalhara-se e, na escola, as outras crianças provocavam-na com perguntas. Seguindo as indicações da mãe, Sofia respondia que o pai tinha morrido, virando as costas à expressão de crueldade dos colegas, fugindo para um canto do recreio. Nadia tentara muitas vezes aliviar a solidão da amiga, mas sempre que se aproximava para conversar sentia a força da angústia nos seus olhos e acabava por se afastar.

A mulher que lhe apertava agora a mão era a sua amiga de infância e ao mesmo tempo não se parecia com ela porque o seu aspecto era o de uma mulher muito mais velha. A mão de Sofia agarrou-lhe o braço com força, enquanto lhe pedia uns *lei* para comprar comida para os filhos. Tinha quatro crianças e, nas vésperas, contou-lhe de rompante, entregara o mais novo, de três anos, a um orfanato. Nadia abriu o porta-moedas, dobrou duas notas de cinquenta *lei* e passou-lhas para a mão. Um jovem casal parou então ao lado delas, à espera do autocarro, e Sofia afastou-se com um passo apressado, antes que Nadia pudesse fazer-lhe mais perguntas.

Aquele encontro tão breve perturbou Nadia. Uma conversa normal, através da qual nos relacionamos uns com os outros, era desaconselhada na Romênia da época, pois qualquer velho conhecido podia ser um delator da polícia secreta, a Securitate. Nadia compreendia que Sofia tivesse fugido: era proibido pedir esmola nas ruas. Não poderia ir atrás da sua amiga para a questionar sobre a sua vida, mas aquela atitude era a imagem da sociedade vigiada da Romênia.

Antes de apanhar o autocarro, Nadia imaginou Sofia a levar o seu filho mais novo ao orfanato. Respirou fundo, na sombra, sentindo-se subitamente exausta. Também ela tinha um filho de três anos, Drago, e estremeceu perante a ideia de lhe acontecer algo semelhante. Houve qualquer coisa que chispou nos seus olhos quando fixou uma gigantesca imagem de Ceausescu no prédio em frente. Havia retratos dele por todas as paredes, para que as pessoas se convencessem de que, fizessem o que fizessem, ele estaria a ver. Como Deus, o ditador parecia estar em toda a parte. A sua voz repetia em discursos infindáveis, na rádio e na televisão, as prioridades da Romênia, entre elas a necessidade de fazer crescer a população do país e aumentar a exportação de alimentos para pagar a dívida externa. Ceausescu queria fazer da Romênia uma grande potência e para isso era necessário que nascessem cada vez mais crianças. As mulheres tinham muitos filhos porque era proibido abortar. Como resultado, a fome passara a ser o fantasma de muitas mães, que entregavam os filhos a instituições. A ferocidade da fome tinha o efeito de destruir as consciências e também as mães deixavam de pensar, ou, pelo menos, de o fazer com clareza. Descobriam-se bebês recém-nascidos, ainda com os cordões umbilicais cheios de sangue, em casas de banho públicas e caixotes do lixo. Havia meninos de dois e três anos vagueando às cegas pelas ruas, que não tinham memória de um rosto ou de um nome de família e que alguém acabaria por conduzir aos orfanatos do Estado.

O autocarro chegou finalmente à paragem e Nadia subiu e sentou-se. Os prédios das avenidas alinhavam-se, esbatidos pela escuridão de um fim de tarde, mas ela passou a viagem a olhar pela janela como se estivesse em transe: o pior momento do dia era aquele em que regressava a casa e precisava desse estado de alheamento para conseguir enfrentar o marido. Também dentro das quatro paredes, o regime era autoritário. Paul era funcionário do Partido Comunista e a sua voz crítica fazia-se ouvir em todo o lado. Ela sentia-se julgada e desprezada na própria casa. Muitos dos funcionários, e o marido não era exceção, esforçavam-se por imitar o estilo de oratória característico do ditador, tanto nos argumentos como nos tiques. Sobretudo os que queriam ascender e estavam em início de carreira. Paul tinha jeito para discursar, recorrendo a argumentos excessivos e imperiosos. Fazia-o não apenas nas sessões de bairro, mas também em casa. Falava com Nadia como se estivesse diante do público, apontando-lhe traições reais ou inventadas. Ela habituara-se a escutá-lo, fingindo-se concentrada, embora na realidade só ouvisse a cadência da sua voz.

Nadia estava casada há dez anos e nos últimos já quase não falava com Paul. A princípio, não era capaz de se calar a tempo, porque tinha o desejo de afirmar as suas convicções, e o marido chegara a ameaçar denunciá-la à polícia. Agora, já nada dizia, vivia ao seu lado partilhando longas horas de uma vida falhada. Tornara-se, assim, uma mulher ressentida, não havia outra maneira de se definir. Era com esforço que o ouvia, calada, obrigando-se — contra a corrente da sua raiva — a não trair o silêncio.

Com o tempo, Nadia aprendeu a fingir ser quem não era: uma mulher submissa e apagada. E, quando se pretende passar pelo que não se é, acaba-se por ser castigado. O castigo chegaria uma semana depois do encontro com Sofia, numa manhã igual a tantas outras. Na véspera, doía-lhe a cabeça. Essas dores eram cada vez mais frequentes, pareciam aguardá-la quando se sentava com Paul a ouvir o Presidente na televisão; para as combater, Nadia habituara-se a tomar umas gotas que lhe davam uma enorme sonolência. E assim fez nesse serão.

Na madrugada seguinte, Nadia acordou com um pesadelo. Não fazia ideia onde estava nem quem era. Sentou-se na cama. Um arrepio percorreu-a da cabeça aos pés e tinha as mãos suadas. Estava acordada, mas os tentáculos do sonho ainda a prendiam, enquanto procurava recordar uma frase proferida pelo marido na véspera, qualquer coisa sobre os filhos, que se intensificara no pesadelo. Tentou lembrar-se, mas não conseguiu; e, nesse esforço, foi caindo novamente no sono como uma vela que se vai apagando, enfim vencida.

Voltou a abrir os olhos. As cortinas estavam abertas, mas quase não havia luz no quarto, pairando por todo o lado sombras negras que lhe devolviam uma sensação de estranheza. Ainda se sentia atordoada quando distinguiu o vulto de Paul à porta com Drago adormecido ao colo. Durante alguns segundos, ele não disse nada, como se estivesse à espera de que a escuridão se adensasse, contrariando o amanhecer. Depois, Nadia ouviu-o a sussurrar o nome da criança, dizendo qualquer coisa sobre ser ele a levá-lo à escola nesse dia.

Nadia mal conseguiu ver o menino, mas nem por um momento duvidou de que Drago ficaria em segurança com o pai. O marido nunca antes ameaçara os filhos. Quis dizer qualquer coisa, mas acabou vencida pelo torpor, voltando-se para o outro lado e caindo de novo no sono. Uma hora mais tarde acordou aturdida com o sol de abril a cair fraco sobre a janela. Num único movimento apressado, saiu da cama e vestiu-se rapidamente. Inga, a filha de oito anos, precisava ir para as aulas e ela, ir para o trabalho.

Ao princípio da tarde, quando Nadia voltou do emprego na escola, já Paul estava a almoçar de pé na cozinha. Disse boa tarde ao marido e esboçou um sorriso forçado. Para disfarçar o seu constrangimento, olhou de soslaio pela janela das traseiras, na direção do pátio, onde não havia nada para ver além de um bocadinho de céu e a parede do prédio em frente. Na véspera, tinha feito sopa de feijão-verde com costeletas. Paul mastigava ruidosamente. Nadia perguntou-lhe se tinha corrido tudo bem com Drago. Ele acenou com a cabeça, continuando a mastigar.

Foi já depois de ter acabado de comer, já depois de ter limpado cuidadosamente a boca a um guardanapo, que Paul lhe contou que entregara Drago às mãos do Estado. Seguira as orientações do Presidente para a criação do exército dos trabalhadores, explicando que essa era a atitude necessária para o país progredir. Ceausescu havia anunciado que queria organizar um exército para defender a revolução, com soldados que seriam formados desde crianças. Como o filho só tinha três anos, ficaria a cargo de um orfanato e mais tarde seria enviado para uma Academia. Disse-o como quem menciona um assunto banal. A sua voz era tão baixa e tão segura que Nadia achou que só podia estar a mentir.

Por isso, no primeiro instante, não acreditou. Depois pensou que ele estava a testá-la. Por enquanto, o que Paul dissera não passava de algo vago que precisava de esclarecimento. As palavras do marido ainda ressoavam, mas o seu cérebro estava prestes a esgotar-se na tentativa de as decifrar. Então, de repente percebeu: tinha cometido um erro terrível, o pior deslize que uma mãe podia fazer. Pusera o filho em perigo, deixando-o ao cuidado do marido, permitindo que ele o levasse à escola. Sempre tinha havido homens para quem os filhos não contavam. Quando Paul estava em casa, as crianças andavam em bicos de pés com medo dele, porque tudo o que faziam podia irritá-lo, mas Nadia nunca imaginara que ele pudesse abdicar de um filho. Ou talvez já o tivesse pressentido, sendo por isso ainda mais culpada de o ter deixado levar Drago nessa manhã.

Quando compreendeu que era verdade, faltou-lhe o ar e todas as suas forças se reuniram no esforço supremo de respirar. Agarrou-se a Paul aos gritos. Torrentes de súplicas invadiram-lhe a boca, a voz foi fustigada por uma corrente de rogos que mais não eram do que gemidos. Sentiu o chão a abrir-se, rojou-se aos seus pés, gritou o nome do filho, quis repeti-lo até não ter forças, até o nome perder todo o significado.

Como se não tivesse acontecido nada, Paul vestiu o casaco para ir a uma reunião na sede do partido em Bucareste. Antes de sair, mantendo as mãos nos bolsos, disse apenas, "Por favor". Não sabia o que estava a pedir, mas era ele quem mandava naquela casa e por isso podia dizer várias vezes: "Por favor." As costas que a mulher lhe virou escondiam as suas lágrimas, eram estreitas e frágeis e estremeciam convulsivamente.

Nadia ouviu a porta da rua bater. Ficou ajoelhada no chão da cozinha sem saber o que fazer. Durante algum tempo deixou de existir, sentindo-se fora do seu corpo, com os sentidos embotados, ao mesmo tempo que enterrava as unhas nas palmas das mãos.

Sem dar por isso, levantou-se e foi sentar-se na cama do filho. Puxou para o regaço o fato que ele deveria ter levado nessa manhã para a escola. De repente, tornou-se essencial saber o que Paul tinha vestido ao menino. E uma nova onda de choro rebentou no seu peito.

Mais tarde, talvez uma hora depois, fechou os olhos, forçando-se a ver a figura do filho, fazendo a imagem tornar-se mais nítida para o abraçar no sítio onde ele estivesse. Imaginou-o num casarão escuro, de janelas com grades e escadas íngremes onde poderia cair. Viu a sua sombra de mão dada com uma mulher sem rosto, percorrendo corredores infinitos até o dormitório com camas que se amontoavam. Sentiu uma mistura fétida de odores de onde sobressaía o cheiro da urina. Viu-o depois na cantina onde se esperava que comesse uma sopa aguada sem se engasgar.

Sozinha, não conseguiria retirar Drago do orfanato, nem Paul lhe diria para onde o enviara. O marido nunca admitia ser confrontado com uma pergunta ou uma crítica tanto na vida pública como privada. Nadia sabia que a sua ambição de subir no partido o tornara um homem obstinado. Era uma ambição que estava contida na necessidade louca de se apropriar do mundo, conquistando-o de qualquer maneira, fosse como fosse. Paul lembrava-se de todas as ofensas que lhe faziam, guardava rancor de todas as críticas e, mais cedo ou mais tarde, retaliava. Gravava no coração as fraquezas dos seus adversários para as usar contra eles no momento certo. Era implacável e nunca voltava atrás numa decisão.

Nadia saiu para a rua a meio da tarde. Dirigiu-se até as margens do rio Dâmbovita. Estava um dia com nuvens, a luz do sol não tinha alegria. Os braços do rio perdiam-se por lonjuras sombrias até que começou a chuviscar. Nadia parou num cais perto da escola em que trabalhava. Por instantes imaginou a morte, tentou encontrar uma maneira de lá chegar. Não podia salvar Drago, mas podia fugir silenciosamente da vida que lhe restava. Perdido o filho, não podia continuar a existir para si. O coração batia-lhe de forma errática, como as asas de um pássaro. Naquele momento não era capaz de pensar que também tinha uma filha. Para acalmar aquela dor, nem mesmo morrer era suficiente.

Sentia sobretudo necessidade de se castigar. Sempre soubera, antes mesmo de aquelas palavras terríveis soarem na sua cabeça, que Paul não teria escrúpulos em fazer mal fosse a quem fosse, para agradar ao partido. Sentira-o antes de ter conhecimento do que ele tinha feito nesse dia e, no entanto, nunca tentara fugir de casa com os filhos. Uma rapariga parou quase ao seu lado. Observou-a e desviou o olhar. Nadia afastou-se uns passos, como se ela tivesse decifrado as suas intenções.

Desceu lentamente os degraus do cais. Em cada passo, havia uma contagem decrescente. Em baixo, as águas escuras corriam em turbilhão, lambendo as margens. Em cima, no céu do crepúsculo, as nuvens tinham-se tornado ainda mais pesadas e feias, como uma face banhada de sangue. Viu-se a si própria no meio da água gelada com uma multidão a juntar-se à sua volta. Então, a voz da rapariga chamou-a de cima. "Passa-se alguma coisa?", perguntou.

Nessa altura, tudo se tornou mais confuso: o olhar para baixo, o salto que era preciso dar, o momento anterior à morte, a imagem do filho, o repicar de um sino sobre a sua cabeça, a filha a chamar por si. No céu ainda se via uma faixa de claridade e, por instantes, as águas refletiram o rosto de Inga. E a resposta surgiu: não podia abandoná-la nem desistir de encontrar Drago. Voltou a subir as escadas e agarrou-se à balaustrada do cais com força, abanando a cabeça para expulsar uma tontura. Esboçou um vago sorriso na direção da rapariga e afastou-se apressada. Tinha os nervos tão despedaçados que se esquecera de que a filha nem estava em casa.

Já passava das seis da tarde quando Inga regressou da escola. Era uma criança perspicaz, de cabelo muito louro, o rosto de feições vincadas com uma expressão triste. Bastou-lhe olhar a mãe para perceber que acontecera alguma coisa. O que Nadia lhe disse não foi premeditado: inventou uma história para explicar à filha a ausência do irmão, mas, ao pronunciar as palavras, ao afirmar que Drago fora para um colégio, sentiu de novo a desorientação anterior e ouviu os sons ao longe como se pertencessem à boca de uma estranha.

Inga inclinou a cabeça na direção da mãe, numa postura de quem escuta com atenção, enquanto os olhos pareciam vaguear pela casa. Quando uma criança desaparece, gera-se um enorme silêncio em redor da sua ausência. Talvez por isso a rapariga não fez nenhuma pergunta sobre o irmão, mas algo da sua atitude habitual, sempre pronta a esticar o pescoço para farejar uma novidade, desapareceu. No seu papel de criança entregue aos cuidados de um casal desavindo, já tinha visto e ouvido muitas coisas estranhas. Foi para o quarto e deitou-se na cama, agarrando-se a uma velha boneca como se ela lhe pudesse prometer que tudo voltaria a ser como antes. Estava irritada por a mãe ter pensado que era assim tão nova e crédula para acreditar numa mentira daquelas.

Só saiu do quarto para jantar horas depois. A mãe continuava sentada na sala, imóvel, como se houvesse uma fina película de cinza a isolá-la do mundo. Inga olhou para ela com olhos grandes demais, mas sem se queixar de fome. Nadia dirigiu-se à cozinha e, com gestos automáticos, arranjou-lhe um pedaço de pão com queijo. Depois mandou-a ir deitar-se.

Inga voltou para o quarto e Nadia sentou-se de novo na minúscula sala do apartamento. Esperava por Paul. O chão de oleado corria sob os seus olhos baixos, cinzento, raiado de listas fugazes. Contou as listas várias vezes como quem tenta esvaziar o cérebro. Eram e continuavam a ser trinta e duas. Depois, murmurou o nome do filho trinta e duas vezes, como se não existisse mais nenhuma palavra senão essa.

Embora Paul tivesse chegado a casa já depois da meia-noite, Nadia continuava a pé à espera dele. Quando o viu entrar, correu para o marido e bateu-lhe com murros desajeitados. Uma única pergunta soava na sua voz: "Onde está o Drago?" O marido gritou com ela ao ser questionado. Nadia pontapeou-o, ou tentou. Paul insultou-a e empurrou-a contra a parede. Depois afastou-se sem a olhar. Viera tarde para adiar o encontro com a mulher. A simples ideia de ser desafiado por ela enfurecia-o, transformava-o num touro, irascível e perigoso. As suas decisões não mereciam discussão. Precisava sentir em casa o medo habitual que o rodeava nas reuniões do partido. Talvez uma parte de si quisesse castigar a mulher, ou pelo menos, reeducá-la. Além disso, o sacrifício seria notado pelos seus superiores. Nadia, como todos os outros, tinha de aderir à ordem do socialismo: primeiro estava a revolução e o país e só depois a família. A mulher teria de perceber que nada de pessoal ou íntimo interessava, que era preciso abdicar de si e sacrificar-se pela Romênia. Havia anos que tentava ensiná-la a compreender os esforços do partido, mas a sua atitude de desafio era uma provocação constante. Nadia era inteligente, mas não valorizava o bem-estar coletivo. Quando decidira entregar o filho, Paul dissera a si próprio que ela teria de aprender da maneira mais dura a respeitá-lo.

II

Paul foi para o quarto. Nadia continuou no chão da sala, sem forças para voltar a suplicar. Não havia nada que pudesse fazer, por isso permaneceu quieta, como que paralisada. A luz do candeeiro clareava a sala suavemente, mas os contornos dos objetos tinham perdido nitidez. Pela primeira vez, perguntou-se se seria capaz de matar o marido. Ao fazer a pergunta, ao repeti-la para si duas vezes, sentiu a raiva a agitar-se, o que era o princípio de uma resposta. Ela não estava de luto, não tinha dito adeus ao filho e não abandonaria a criança. Pelo contrário, queria Drago de volta à sua vida e iria fazer tudo para o conseguir.

Por instantes, perdeu-se em recordações. Por detrás dos olhos fechados, teve uma visão de quando conhecera Paul. Já nada existia naquele homem gordo, de faces coradas, do jovem Paul que dez anos antes a fizera dançar ao som de dois violinos. Fora-lhe apresentado num baile da aldeia quando passava férias com os avós. Notava-se que era um homem que captava a atenção dos outros. Quando o vira a primeira vez, no terreiro da aldeia, ele estava a contar uma história, mesmo a acabar, e as pessoas ouviam-no e começaram respeitosamente a rir. De repente, virara-se para ela. Os olhos eram azuis, o seu brilho, subitamente fixo em si, deixara-a pouco à vontade, mas ao mesmo tempo o seu coração disparara. Paul aproximara-se e convidara-a para dançar. Ela sentira uma brisa leve, um vento de verão a bater no seu corpo. E depois, quando ele a tocara na cintura, sobreviera uma onda de calor na cara, uma fogueira. Rodopiara nos seus braços, enquanto no seu peito se ia formando uma sensação de prazer. A proximidade dele, a sua simples presença, enchia-a de excitação e de um misterioso receio.

O que começara por ser uma arrebatadora história de amor transformara-se, porém, num pesadelo. A paixão de Nadia por aquele homem tinha sido excessiva e inexplicável. Nos primeiros tempos pareciam um casal perfeito, faziam gestos ao mesmo tempo, riam um com o outro e beijavam-se com o mesmo ardor. Experimentava com ele um sentimento de felicidade indiscritível, como nunca sentira com ninguém.

Terá sido depois do nascimento de Inga que a mudança se desencadeou. Quando tudo começou a desmoronar-se, Nadia passou a ter medo dele, da sua presença física, das súbitas mudanças de humor, das atitudes arrogantes, como se fosse uma cega que de repente tivesse começado a ver e não gostasse do que via.

Um dos erros de Nadia foi tê-lo isolado do seu papel no partido. Já tinha idade para ter percebido que não se podem separar as pessoas das suas ambições. Quando rodopiava feliz nos braços de Paul, não podia saber que ele assumira funções de vigilância e denúncia desde a escola primária. E, no entanto, podia ter desconfiado. No liceu, e também no politécnico, tinha conhecido várias dessas figuras sinistras que vigiavam colegas, que se ofereciam para o trabalho partidário, que lideravam as reuniões e eram as primeiras a serem recrutadas pelo Estado.

Chegara havia dois dias à casa dos avós na aldeia quando dançou com Paul. O avô era carpinteiro. Fazia móveis, assoalhos, portas, janelas e até caixões. Era o único nas redondezas a fazer esse trabalho, sendo muito solicitado. A avó cozinhava e tratava das galinhas. Isso antes do programa de realojamento para aquela aldeia ter ido avante, e todos os habitantes passarem a viver em minúsculos apartamentos.

Durante as férias grandes, os avós acolhiam calorosamente Nadia, continuando através dela a sentir a presença da própria filha, queixando-se por ela não ter regressado à aldeia depois de ficar viúva. A mãe de Nadia sempre quisera viver na cidade e partira ainda adolescente para trabalhar em Bucareste. Desde nova que desejava tornar-se uma citadina, juntar-se às pessoas que andavam pelas ruas, pelos parques e pelas lojas. Era verdade que em Bucareste a infelicidade se espelhava diariamente nos rostos, mas era mais anônima. Na cidade, cada pessoa era um mistério ambulante, podia carregar consigo todo o gênero de segredos. Na aldeia, todos se conheciam desde sempre.

Quando Nadia foi com o avô ao baile, naquelas férias, tinha vinte e dois anos e já era professora. Dois músicos tocavam violino. Foi o avô que a incentivou a dançar com Paul, que já fazia parte da Nomenclatura. Nadia não se lembrava dele de outras férias, mas sentiu o pulsar intenso do seu sangue ao rodopiar nos braços dele. No princípio do baile, a troca de pares era mais frequente, depois os pares foram-se fixando, obedecendo às leis da atração íntima entre homens e mulheres. Ao fim do serão, Nadia passou a dançar só com Paul e ele soube que podia beijá-la.

Marcaram encontro para o dia seguinte à tarde, junto à fonte da única rua da aldeia. Os sentimentos de Nadia quando foi ter com ele eram uma mistura vertiginosa de expectativa e alarme. Chegaram ao mesmo tempo. Nem nos minutos parecia haver desencontros. Paul mostrou ser um homem de natureza ousada. Não parecia nada intimidado com a beleza de Nadia, a sua língua foi rápida a penetrar na boca dela e as suas mãos mais ágeis do que os fracos protestos da rapariga. À despedida disse-lhe: "Acho que gostas de mim." Nadia sentiu-se constrangida, não sabendo o que dizer. Estava num ponto em que tudo lhe parecia vago. Mas Paul respondeu por ela: "Acho mesmo que me vais obrigar a casar-me contigo..." Deixou as palavras pairarem, mas ela apreendeu-as como um futuro anunciado; não duvidava de que viria a pertencer-lhe.

A escuridão escorria já do perfil das casas quando finalmente se despediram. Os flancos ermos das colinas suavizaram-se. Embora as casas e as árvores quase tivessem desaparecido, as coisas existiam mais maciçamente, ou então eram as paisagens que se tinham tornado mais densas no coração de Nadia.

Os encontros repetiram-se todas as tardes e, em menos de uma semana, Nadia percebeu que não iria resistir àquele sentimento avassalador. Amava Paul desde o momento em que ele a quisera. E, no entanto, nem tudo lhe agradava nele. Não gostou de saber que era o responsável do partido nas aldeias da região, cabendo-lhe o papel de vigiar as entregas das colheitas das terras comunitárias. Desde jovem que detestava vigilantes e sempre tivera uma posição de resistência perante o regime, mesmo que passiva. Agora estava apaixonada e aquele amor parecia trazer consigo um presente envenenado. Como acontece com a maior parte das paixões, Nadia fez por não aprofundar as suas dúvidas; acreditou que ele seria diferente, que a sua atitude nada teria a ver com a dos interrogadores da polícia secreta. Via-o cumprimentar e ser cumprimentado por todos os aldeões e oferecer-lhes ajuda para tratar de assuntos burocráticos. Todos os camponeses sabiam que, no meio daquelas mesuras, ele os vigiava e que uma palavra dita sem pensar podia ter consequências graves, mas Nadia recusou-se a conceber a possibilidade de Paul ser um informador. Houve um dia que o quis perguntar ao avô, mas no último momento faltaram-lhe as palavras. Estava envolvida ao ponto de acreditar que o amor os podia transportar para um país diferente como se a paixão se pudesse tornar um substituto de todas as liberdades que faltavam.

Outros aspectos do carácter de Paul também a confundiam. Ele deleitava-se a ouvir-se a si próprio e não gostava de ser interrompido. A ele apenas se podiam dizer as coisas imprescindíveis, como se estivesse sempre cheio de pressa de escutar a própria voz. Se Nadia se alongava numa dessas conversas vagarosas que tanto prazer lhe davam, notava logo a sua impaciência. Também verificava uma certa crispação, e até algumas censuras, se lhe fazia o menor reparo, mesmo na brincadeira. Porém, havia o modo como faziam amor, o modo como ele amava o corpo dela, o modo como as mãos dele lhe tocavam como se deslizassem de acordo com os seus desejos e, então, todos os seus receios se desvaneciam. Tomava as suas suspeitas de que Paul poderia ser um informador como um efeito da imaginação e a exaltação dele como pontual e insignificante.

Nas vésperas de Nadia regressar a Bucareste, Paul ofereceu-lhe um anel. Ela tinha as mãos trêmulas, mal conseguia abrir o embrulho. O anel era muito elegante e Nadia beijou Paul apaixonadamente. Mas não ficou tão entusiasmada como estava à espera quando ele lhe disse: "Agora estamos noivos." Porque de repente sentiu medo dessa mudança que interrompia a sua vida, não permitindo que nada continuasse como antes. Mas não podia senão dizer que sim. Quando dormia com Paul na casa dele tomava precauções, mas estava grávida dos sentimentos, sentia uma paixão que a acompanhava para todo o lado.

Em Bucareste só à mãe contou do seu noivado. Nada disse às suas colegas de trabalho na escola, onde tirava o anel por precaução. Detestava a exuberância de certas mulheres quando falavam dos namorados. Não era pessoa para mencionar levianamente a sua vida privada, mesmo pensando constantemente em Paul. Ele telefonava-lhe de surpresa para a escola e ela não gostava que depois as colegas lhe fizessem perguntas. Mas ouvir a voz dele era sempre um abalo bom, por senti-la tão íntima.

Os obstáculos de uma transferência para Bucareste constituíam para Paul um desafio. Viu no pedido que fez aos seus superiores uma oportunidade para ser avaliado no partido pela sua eficiência. Manobrou o que havia a manobrar, denunciou colegas que também tinham solicitado transferência, prometeu alianças, fez discursos exaltados, e o mundo abriu-se à sua frente. Em seis meses estava colocado na capital com responsabilidades em várias cidades dos arredores. Não foi difícil conseguir que lhe atribuíssem um apartamento num bairro reservado a funcionários.

Nadia e Paul casaram-se pouco depois numa cerimônia simples. Na fotografia do casamento, ela não trazia nem véu nem flores, mas estava feliz. Durante largos meses, de cada vez que assinava o nome parecia que até a sua letra tinha mudado.

O sonho é quase sempre mais perfeito do que a realidade. Nadia não demorou muito a descobrir que Paul queria viver com ela uma vida em que controlava tudo o que Nadia fazia e, se possível, também o que pensava. O marido exigia a sua entrega incondicional. Queria conhecer os seus segredos, as vibrações da sua alma, os seus percursos durante o dia. "Onde estiveste?", "Com quem falaste?", "O que disseste?", eram perguntas em que insistia. Como se Nadia fosse inteiramente sua e, dessa maneira, não pudesse dar um passo sem o seu consentimento.

Por causa do novo trabalho, Paul tinha de viajar várias semanas. Durante as suas ausências, Nadia sentia saudades dele. Quando ele regressava à casa, porém, depois das primeiras noites de amor passava a sentir saudades da solidão. Não suportava as suas perguntas, nem as suas suspeitas veladas. Uma noite, depois de Paul regressar de uma dessas viagens, já deitados na cama, uma pergunta saiu-lhe dos lábios, repentina e impulsivamente: "Estiveste com um homem, não foi?" "Um homem?!" A pergunta dele surpreendeu-a e assustou-a, ao mesmo tempo sentiu que tinha ter cuidado com as palavras. "Que homem?", perguntou, por sua vez, espantada. "Sei que estás a dizer a verdade, porque sempre que estou fora és vigiada, nunca te esqueças disso." A voz dele foi subindo, exaltada: "Se te apanho com outro, mato-te!" Nadia afastou-se dele consternada, olhando-o fixamente, as lágrimas a brilhar. Paul pediu-lhe desculpa. Parecia arrependido, mas continuava zangado como se tivesse sido insultado e não era homem para pôr a sua raiva de lado de um momento para o outro.

Paul tinha tendência para ser ciumento. Nadia supunha que isso queria dizer que a amava, mas, perante aquela ameaça, o seu corpo, pela primeira vez, não reagiu ao dele. Paul fez amor com força, com agressividade e com pressa. De imediato, caiu no sono, como se escorregasse num poço. Nadia deslizou para fora da cama e cambaleou até a casa de banho, sentindo-se misteriosamente ferida. Um soluço de angústia começou a formar-se-lhe na garganta, sem que conseguisse chorar.

Talvez a história do seu casamento tivesse sido diferente se a mãe de Nadia não se tivesse casado ela própria e mudado para Timisoara. O destino não obedece a ordens lógicas, às vezes separa simplesmente as pessoas. A mãe, com os seus conselhos sensatos, tê-la-ia ajudado a libertar-se de Paul. De qualquer maneira, naquela altura ela ainda acreditava que com o tempo tudo acabaria por se compor.

Tinham feito planos para ter muitos filhos, mas Nadia não ficou feliz quando engravidou, porque, de repente, teve medo. Paul tinha sutilmente mudado e dentro dela havia uma sensação de risco permanente. O peso de uma criança, a responsabilidade... Sentiu-se como se estivesse encostada à beira de um abismo, quase a saltar, sem possibilidade de retrocesso. Aquele casamento não viera apenas suspender os seus hábitos, mas também desviá-la das suas convicções e valores, até em relação ao regime. Paul, pelo contrário, ficou de tal modo deslumbrado com a ideia de ter um filho que se agarrou a ela. O abraço dele trouxe-lhe, mesmo assim, felicidade.

A hemorragia aconteceu dois meses mais tarde, numa noite em que Paul estava ausente. Nadia sentiu contrações no ventre e, de súbito, começou a sangrar. Foi bater à porta da vizinha de cima, com quem trocara pouco mais do que vagos cumprimentos. Sonia acompanhou-a ao hospital no elétrico e voltou para a ver nos dois dias que esteve internada. O médico, depois da raspagem, explicou-lhe que o aborto espontâneo era muitas vezes a maneira de a natureza corrigir malformações na criança, mesmo que a mulher pudesse sentir uma grande mágoa, como se tivesse perdido um verdadeiro bebê. Devia ter razão porque ela só tinha vontade de chorar. Pensou muitas vezes ter visto o rosto de Paul entre as sombras da enfermaria, mas ele nunca apareceu para a visitar.

A seguir a ter perdido o feto, a relação com o marido mudou ainda mais. Ele acusou-a de ser culpada do aborto com o seu comportamento imprudente, logo numa altura em que o Presidente apelava ao aumento da população da Romênia. Ficaria bem visto se iniciasse rapidamente uma família.

Nadia voltou a engravidar três meses depois. Teve também de pedir ajuda a Sonia quando lhe rebentaram as águas, porque, mais uma vez, estava sozinha em casa. O nascimento de Inga trouxe contudo uma espécie de reconciliação. Paul gostava de ver Nadia a amamentar a filha, sentando-se a seu lado numa espécie de encantamento. Mas depressa o seu entusiasmo pela criança desapareceu. Inga raramente dormia mais de três horas seguidas, os seus gritos eram estridentes, e Nadia tinha sonos tão curtos que andava atordoada. Paul irritava-se. "És mãe dela, faz alguma coisa", passou a ser uma acusação habitual. Além disso, estava pouco acostumado a partilhar a atenção com outras pessoas e ver Nadia sempre ocupada enfurecia-o.

Foi por essa altura que aumentaram as acusações sobre amantes. A expressão furiosa na cara dele deixava Nadia confusa. Ela já tinha percebido que Paul não gostava que mostrasse qualquer simpatia por outros homens quando ia com ele a comemorações do partido. Ele tinha-o deixado bem claro, assim como esclarecera que qualquer traição dela seria castigada com represálias. E Nadia apresentava-se como uma mulher distante, indiferente aos cumprimentos dos camaradas, até porque detestava os ambientes do círculo social das elites. Porém, aquilo que mais ofendia Paul era a possibilidade de a mulher dar liberdades a desconhecidos. Estava sempre a avisá-la de que era vigiada. Aquelas censuras alimentavam pensamentos de revolta, expressões de indignação, mas, depois, Paul retrocedia, pedia-lhe desculpa e abraçava-a.

No cotidiano do seu casamento, Nadia rapidamente aprendeu que certas coisas só se tornavam graves se falasse delas. Habituou-se a calar-se a tempo quando Paul se embriagava e fazia comícios em casa. Cada palavra de elogio à política do Presidente da pátria reclamava frases de apoio da parte dela. Paul imitava o ditador, falando contra o aborto, perorando sobre a coletivização das terras dos camponeses ou a necessidade do racionamento da comida para que se fizessem mais exportações. No princípio do casamento, Nadia sentira necessidade de brincar, fazer com que os dois se rissem. Mas Paul nunca se rira e Nadia só tardiamente percebeu que não podia brincar com ele sobre os assuntos de Estado. Então, aos poucos, abdicou de ter uma opinião, porque simplesmente era mais fácil não dizer nada. No entanto, Paul ficava zangado na mesma. Sentia-se ofendido, insultado por ela nunca elogiar a sua ascensão fulgurante dentro do partido.

O círculo social de Paul era constituído por funcionários do partido, dos serviços secretos e da polícia. Nadia era obrigada a frequentar jantares e festas com essas pessoas. Nesses eventos, quase não se discutia política. Todos eram cúmplices e adversários e a conservação do seu poder dependia de saberem escolher as coisas sobre as quais deviam falar ou manter em silêncio. Um alto funcionário podia cair em desgraça e perder a sua função e os seus privilégios por qualquer palavra a mais; por isso, nesses convívios, cada um tentava dizer o menos possível, procurando um certo equilíbrio entre o que poderia revelar e o que deveria permanecer secreto. No entanto, todos sem exceção aplaudiam e elogiavam o Presidente.

Certa noite, numa dessas festas, com a sala apinhada de gente, e no momento em que um membro do comitê central estava a discursar, Nadia empurrou uma porta que dava para um alpendre. Ficou perplexa, desconcertada, por ver um homem encostado à varanda a fumar durante o discurso. Não era pessoa que reconhecesse à primeira vista, mas ele fez-lhe sinal para se aproximar. Nadia deixou-se ficar onde estava, impassível, como se quisesse apanhar o fresco da tarde, mas sentiu-se tensa, dominada por uma crescente ansiedade, quando o homem veio ter com ela. Como se lhe apontasse uma luz ofuscante, fixou-a. "O que é que uma mulher tão bonita está a fazer aqui sozinha?", perguntou. Podia ter-se virado e fugido. Em vez disso, porém, Nadia respondeu

"Estou a ouvir o discurso do camarada" com uma voz velada e pouco à vontade; mesmo assim o homem insistiu: "É uma mulher demasiado bonita para eu não saber o seu nome." Nadia não sabia o que fazer com aquele comentário. Não respondeu e afastou-se imediatamente para o meio da sala quando reparou que Paul estava a olhar para ela.

Nadia conhecia os sinais de alarme: o marido estava furioso. No carro, Paul perguntou-lhe: "O que é que tanto conversavas com o inspetor Pacepa?" "Ele confundiu-me com outra pessoa", respondeu-lhe, sem conseguir pensar noutra mentira que não fosse tão desajeitada. Da expressão de insistência na cara dele, percebeu que o marido não ficara contente com a resposta, mas não podia ir tirar satisfações de um inspetor da Securitate. Já em casa, na cozinha, Paul gritou com ela como se fosse uma desavergonhada: "Tu és daquelas que precisam que lhes assentem a mão de vez em quando." Nadia viu o marido aproximar-se. Estremeceu expectante, mas ele apenas lhe agarrou o pulso com força por um instante. Conseguiu libertar-se e começou a fazer café, mas o medo prendia-lhe os movimentos. Paul falava a sério, mas não lhe chegou a bater, era proibido pelo regime e ele nunca se atreveria a ir contra a lei. Quando Paul saiu da cozinha, Nadia sentiu a escuridão a abrir caminho dentro dela, impedindo-a de distinguir um futuro. Sentou-se, olhando em volta desorientada como se estivesse na casa de outra pessoa.

O ressentimento foi estendendo as suas próprias malhas destruidoras. As acusações de Paul começaram a aparecer em tantas frases que até afirmações modestas sobre coisas que precisava fazer podiam ser alvo de censura. Nadia tentava defender-se desse cotidiano, ignorando-o ou afastando-se. Se as críticas eram sobre as suas atitudes pouco patrióticas, calava-se. Se por acaso ele a acusava de ter amantes, desafiava-o a prová-lo.

De tanto o ouvir, as palavras de amor foram abandonando o seu vocabulário. O prazer físico também desapareceu. Raramente beijava Paul e pouco se procuravam na cama. Antes, Nadia maravilhava-se com a forma como ele existia para ela enquanto faziam amor. Agora sentia repulsa, temendo a sua força bruta. Certas noites, quando Paul chegava embriagado das reuniões, quase a forçava. Nadia não se atrevia a resistir-lhe enquanto ele a beijava, sentindo a sua língua dentro da boca com um sabor a cinzas. Não conseguia libertar-se do seu abraço. O marido repetia o nome dela como o amante de outrora. Só que tudo na sua atitude era diferente, enquanto esfregava a mão entre as suas pernas com uns gemidos que pareciam raiva. E o mais extraordinário é que ele parecia acreditar que ela gostava daquilo. Nadia tentava protestar, dizer-lhe que não. Ela não queria aquilo, mas assaltava-a uma letargia que ela própria não conseguia explicar e ele acabava por possuí-la.

Alguns meses depois de Inga ter nascido, a polícia veio prender Sonia, a vizinha. Corriam rumores de que ela fizera um aborto. Quando Nadia entrou no prédio, ao vir da escola, um grupo de vizinhas falava do caso, sussurrando sobre a brutalidade dos polícias que a tinham arrastado. Baixaram ainda mais a voz ao vê-la, mas as palavras chegaram até Nadia. Era evidente que as vizinhas desconfiavam dela, afinal era a mulher de um importante funcionário do partido, mas Nadia ignorou as suspeitas. Profundamente chocada, cumprimentou os vizinhos. Não explicou o que pretendia fazer, mas tinha intenção de pedir a Paul que interviesse. À noite, durante o jantar, mostrou-se consternada com a prisão de Sonia. Perguntou diretamente ao marido: "Tu não podes fazer nada?" Ele pousou a mão na mesa e riu-se como se ela tivesse dito uma piada. Então, calmamente, confessou que fora ele próprio a denunciar a vizinha à polícia secreta; o marido de Sonia era um alto funcionário e talvez pudesse vir a ocupar a sua posição. Nesse instante, Nadia odiou-o com uma força tão poderosa que as mãos se fecharam sobre os braços da cadeira e os dentes se cerraram. Queria acusá-lo de ser um verme, mas continuou quieta, sem dizer nada. Para não o confrontar, levantou-se da mesa e foi lavar a louça. Enquanto esfregava com força os pratos, teve saudades de ser solteira. Foi assim que soube que teria de arranjar uma maneira de deixar o marido. Sentiu-o antes de o compreender totalmente. Era, sem dúvida, um desejo inútil, fazia o mesmo percurso do pó que corre à nossa frente sem nunca se materializar. Paul nunca o permitiria, tirar-lhe-ia a filha ou mandaria prendê-la sob qualquer pretexto. Mas a culpa de o amor ter terminado era dele. O fato de saber que o que ele fazia na vida era vigiar os outros aprofundava o sentimento de ser sua prisioneira. Sim, a culpa era dele. Como não descobrira isso antes?, perguntou-se, quase perplexa.

Soube que tinha de se separar antes de ter outro filho, mas, numa dessas noites em que ele chegou bêbado a casa, engravidou de Drago. Teve a certeza de que não o queria para pai dos seus filhos no momento de dar à luz o novo bebê. Sonhou com o divórcio antes de ele começar a acusá-la de afastar as crianças dele ou de ameaçar denunciá-la por atitudes anti-revolucionárias. Aprendera a não mostrar resistência ou a desafiá-lo com medo de ser separada dos filhos, mas vivia em perpétua tensão. Sentia-se como se todos os dias tivesse de caminhar sobre gelo fino, quase a quebrar-se. Precisava ter fugido dele muito antes daquela manhã de abril em que o sol apareceu por detrás de um monte de nuvens para logo se esconder. Essa maldita manhã em que ela não tirara Drago do colo de Paul por estar demasiado sonolenta. Agora, tinha a sensação de tudo se ter desmoronado. O gelo quebrara-se e ela sentia que estava simplesmente a afogar-se.

III

Durante uma semana, Nadia não soube o que fazer. Nunca mais dormiu ao lado de Paul nem lhe dirigiu a palavra. Passou a deitar-se com Inga, na sua pequena cama. Se adiantasse alguma coisa, ter-se-ia rojado aos pés do marido para que ele lhe dissesse em que orfanato se encontrava o filho. Paul não estava arrependido, mas admitia que tirar um filho a uma mãe pudesse ser violento. Talvez por isso não exigiu que ela voltasse para o quarto. Ele, que nunca fora homem para pôr a autoridade de lado.

Inga andava agitada. Nadia apercebia-se do medo da filha de que lhe acontecesse algo semelhante ao que sucedera ao irmão. E, não sendo suficientemente crescida para compreender a raiva por detrás do medo de ser abandonada, fazia birras que não eram habituais. Como se aquela história de Drago fosse um enigma e ela não gostasse de mistérios. No entanto, nunca perguntava nada sobre o assunto como se tivesse sido proibida de falar dele. O silêncio era talvez mais seguro para que a conversa nunca se estendesse ao seu nome e alguém se lembrasse de a enviar também para um colégio.

Nadia entendia a agitação de Inga, mas não tinha forças para a confortar. Ela própria já não era a mesma desde que Drago desaparecera, mas outra, enredada em sentimentos de desespero. Por causa da filha forçava-se a reagir, tentava manter algumas rotinas, dando-lhe de jantar antes de Paul chegar, escutando o desconexo relato do seu dia na escola, sem que, no entanto, a atenção se fixasse nas palavras da criança. À hora de dormir, acariciava-a, mas os seus pensamentos iam sempre para o filho: a sua cabeça perdia-se às vezes em pormenores fúteis como o tigre de peluche de Drago, um boneco às riscas de um tecido macio a que o filho costumava dormir abraçado. Era um peluche que o menino amava. Por que é que Paul não tivera pelo menos o cuidado de o levar?

Não tinha um plano concreto sobre a maneira de procurar Drago. Ficava acordada toda a noite, deixava-se estar deitada na cama, ao lado de Inga, respirando apressadamente, tentando expelir a angústia. As horas prosseguiam na escuridão, sem que conseguisse refrear o fluxo de imagens do filho. Por volta das quatro da manhã, começavam a ouvir-se nas ruas as carrinhas de distribuição com algumas caixas de pão, leite e batatas, umas poucas latas de carne. Daí a pouco, às seis da madrugada, já haveria gente nas filas, mas a comida só costumava chegar àqueles que não tinham dobrado a esquina. Nadia nunca se levantara cedo para fazer as compras, porque o marido abastecia-se numa loja reservada aos funcionários. Também em relação a esses assuntos, mantivera-se calada durante todos esses anos, afinal tinha dois filhos para alimentar.

Às vezes, de madrugada, adormecia por breves instantes, como se tivesse a intenção, através do sono, de encontrar o caminho até Drago. Raios de sol entravam pela janela quando o dia clareava e ela acordava num sobressalto. Levantava-se e ia até o quarto de banho. A luz da manhã lançava no espelho uma cara que ela detestava por ser a de uma mulher que nada fazia para recuperar o filho.

Numa noite, levantou-se e foi buscar uma faca à cozinha. Dirigiu-se ao quarto onde Paul dormia. A luz da mesa-de-cabeceira estava acesa e ela deixou-se ficar à entrada do quarto. O marido não se mexeu, não deu por ela entrar. Roncava, a boca muito aberta parecia a de uma criança.

Nadia testou a lâmina da faca no polegar. Estava afiada. Se golpeasse Paul na carótida, acreditava que conseguiria matá-lo. Se falhasse por centímetros, talvez ele sobrevivesse, podendo tirar-lhe a faca da mão e virá-la contra ela. Poderia também matá-la com as suas próprias mãos. Matando ou morrendo, Drago ficaria sozinho. Matando o marido, Nadia iria para a prisão; morrendo, só se libertaria a ela, abandonando para sempre filho e filha.

Tornara-se um vulto ansioso, a tremer num canto escuro do quarto. Queria matar Paul, feri-lo seriamente para que ele soubesse que o que fizera não merecia perdão. Mas não tinha escolha. Tudo o que fizesse só agravaria a situação.

Voltou para cama, deitando-se como um cadáver inútil entre os lençóis. Então, uma ideia veio ter consigo. Era um pensamento louco, para além do imaginável, mas estava desesperada. E aquele plano abria-lhe portas, criava possibilidades. Pela primeira vez naquela semana, conseguiu conciliar o sono durante duas horas.

No dia seguinte corria uma aragem, mas a manhã estava luminosa. Paul saiu para o trabalho e uma hora depois Inga foi para a escola. Quando ficou sozinha, Nadia fez um telefonema. Ouviu-se pela primeira vez a falar como um quadro do partido. Deu ordens, pediu informações, fez pausas e despediu-se num tom arrogante. Usando palavras autoritárias e indicações precisas conseguira fazer-se passar pela figura de uma inspetora do Estado, obtendo informações sobre o número e a morada dos orfanatos na região de Bucareste. Pela primeira vez, as histórias do marido sobre a nomenclatura tinham tido a sua utilidade.

Uma coisa era falar ao telefone, outra muito diferente era deslocar-se aos orfanatos e apresentar-se como inspetora. Essa era a ideia que na noite anterior não via obstáculos, mas que à luz do dia se apresentava como quase irrealizável. Imaginou-se a assumir esse cargo. Não hesitaria em compor a figura de um alto quadro do partido com uma desfaçatez que ninguém se atreveria a denunciar. O medo coletivo seria o grande aliado do seu disfarce. Quanto mais um país é vigiado por um Estado, mais as pessoas aprendem a resguardar-se, ao ponto de deixarem de conceber a transgressão. A cabeça dos romenos estava tão aprisionada que uma forma de agir contrária às expectativas era simplesmente impossível. Não havia um único cidadão a acreditar que alguém se fizesse passar pelo que não era. Essa realidade tornaria a sua personagem absolutamente verossímil, como se a observassem através de uma lente desfocada. Não teria, por isso, dificuldades em se apresentar com um discurso apropriado, realçado aqui e ali com metáforas patrióticas. Tinha quase a certeza de que seria levada a sério. Havia apenas um problema: seria necessário mostrar identificação.

Nessa tarde, saiu do trabalho mais cedo. Já em casa, dirigiu-se para o quarto. Movia-se silenciosamente, com gestos rápidos, procurando nas gavetas do marido documentos do partido. Havia muitas folhas entre as divisórias de pastas, provavelmente papéis incriminatórios com nomes, carimbos e assinaturas. Não tinha tempo de ver tudo ao pormenor. Os minutos apressavam-lhe os movimentos. Com palpitações no coração e a tremer, remexeu em todos os armários. Então, numa outra gaveta cheia de papéis, encontrou um antigo cartão de funcionário de Paul.

De pé, com o documento na mão, congeminava o que poderia fazer com aquilo. Eram credenciais da época em que ela começara a namorar com Paul, com uma fotografia desse tempo. Nadia ponderava diversas possibilidades que não passavam de desvarios. Concentrada, parecia estar à espera de um sinal, não ouvindo nada senão as suas próprias dúvidas. Alguém lhe tocou no braço. Com um sobressalto, levantou os olhos. Felizmente, defronte dela estava Inga, e não o marido. "Que estás a fazer?", perguntou a miúda. Se fosse Paul, não sabia o que poderia ter dito, mas sendo assim respondeu: "Estou a ver uma fotografia do teu pai quando era novo." Contrariamente ao que seria de esperar, Inga não lhe pediu para a mostrar. Como uma criança ferida, virou-lhe as costas e saiu do quarto.

Há alturas em que um plano pode amadurecer devagar, mas o filho tinha sido levado havia duas semanas, pelo que Nadia se sentia arrastada pela natureza desesperada da situação. Não tinha alternativa. Ao serão, no quarto, depois de Inga adormecer, fez um trabalho minucioso, apagou o primeiro nome do marido com um canivete e escreveu o seu. Aprendeu a imitar a letra oficial. Usou os mesmos caracteres floreados que via o marido fazer, depois de os ter exercitado nas margens de um jornal, atribuindo-se o cargo de inspetora. De seguida, substituiu a fotografia do marido por uma sua. O resultado foi uma falsificação grosseira que, vista de perto, faria com que fosse imediatamente apanhada. Para que o estratagema desse resultado, tinha de apostar tudo na voz determinada e na presença autoritária da personagem.

Durante uns dias, chegou a casa antes de Inga para ensaiar ao espelho do quarto o seu discurso de inspetora. O efeito era sombrio. As frases não eram apenas curtas, mas cortantes, para não dar hipótese a ninguém de duvidar das suas ordens. A voz tinha de ter a vibração da autoridade. A voz tinha de ser como uma serra. Nadia treinou muitas vezes para que, ao falar, ninguém quisesse ver com atenção os documentos.

Numa terça-feira de maio, apanhou o primeiro autocarro da manhã. Escolheu a data por coincidir com uma reunião geral do partido em Timisoara, em que o marido iria estar ausente durante dois dias. O seu destino era um orfanato no extremo sul da cidade. Dera parte de doente no trabalho, telefonando, no dia anterior, à diretora com uma voz rouca. Como nos outros autocarros de Bucareste, os bancos e as portas estavam desengonçados, mas miraculosamente o veículo não se desconjuntava. Vestira um fato sóbrio, comprado na loja dos funcionários, e exercitou o olhar altivo de um alto quadro do partido ao dar os bons-dias aos outros passageiros. A personagem tinha de andar sempre com ela e nunca dar a entender a voz de uma impostora. Ninguém lhe respondeu nem virou a cabeça na sua direção, exceto uma senhora idosa com tiques nervosos. Todos olhavam pela janela. Lá fora estavam os prédios e as ruas e, à medida que o autocarro dobrava as esquinas, havia sempre novas ruas para onde olhar. O medo só aparecia no reflexo dos rostos nas janelas. Ela própria tinha receio, mas a única coisa que importava era encontrar Drago.

Saiu na última paragem, o orfanato ficava no fim da linha. Entrou por um carreiro que contornava o portão principal. O vento soprava entre as acácias e na vereda deu de caras com uma cabra a pastar. À porta do edifício estava uma mulher de meia-idade que tanto parecia vigiar o animal como a entrada. Apresentou-se como inspetora, mostrando um cartão. Os olhos da porteira ficaram suspensos no ar como se Nadia tivesse o poder de lhe dar voz de prisão. Sem verificar os documentos, disse que ia de imediato chamar a diretora. À medida que se afastava por um longo corredor, Nadia pôde observar que a mulher tinha uma perna mais curta do que a outra. A maneira de coxear e o tormento no rosto davam a entender que a presença de uma inspetora era uma tremenda fatalidade para o seu turno.

Não esperou cinco minutos. A diretora chegou apressada. Era uma mulher de meia-idade com cara de bolacha, com uns olhos pequenos e cortantes e uma respiração agitada que parecia consumir todo o oxigênio do recinto. Nadia sentiu o medo na voz trêmula dela quando se apresentou, mal olhando para os documentos que lhe estendeu. A maneira de falar da diretora era tortuosa e deferente enquanto encaminhou Nadia para o refeitório. Tinha o aspecto bajulador de quem já fizera muitos sacrifícios para alcançar aquele posto e mantinha-se determinada em mostrar a sua dedicação.

As crianças estavam a tomar o pequeno-almoço. A cantina era um local triste. À frente de cada uma delas, havia uma caneca de chá e uma fatia de pão com geleia. As suas carinhas olharam-na com ar sisudo ou temeroso. Bastou-lhe um breve relance para perceber que Drago não se encontrava ali. No mesmo instante, sentiu que o amor que protege, mesmo quando impõe regras, que aqueles abraços que dão firmeza, mesmo quando se tornam sentimentais, tudo isso era intencionalmente negado àqueles meninos. Eram crianças magras, assustadas, de olhos penetrantes. Sempre que olhavam para cima, as pupilas enchiam-se de fantasias com pais que gostassem delas. Se olhassem em frente, não viam mais do que o rosto indiferente das funcionárias que lhes davam de comer. Eram crianças tristes, tentando perceber as razões de estarem ali, mesmo depois de terem chorado todas as lágrimas. Aliás, tinham sido avisadas de que ninguém as viria buscar. Eram sobretudo crianças derrotadas que as empregadas nunca abraçavam.

Nadia comentou a escassez da comida e o fato de não haver leite em cima da mesa. Ouviu-se uma inspiração ruidosa da diretora, que tanto podia querer dizer que tinha desgosto por não haver mais fartura, como que aquelas crianças não mereciam os seus esforços para serem alimentadas. Hesitou, antes de responder a Nadia. Toda a gente sabia que uma palavra dita sem pensar dirigida a um superior poderia dar origem a represálias e que os deslizes podiam, num instante, virar uma vida de pernas para o ar. Com cautela, escusou-se atrás das restrições do país e dos sacrifícios que todos tinham de fazer, até mesmo os mais novos.

Nadia não fez nenhum comentário, perguntando apenas se estavam ali todas as crianças. A diretora respondeu que havia mais algumas no dormitório.

Quando entrou no dormitório, o cheiro a urina entranhou-se-lhe no nariz. Nadia só viu olhos. Estava tudo às escuras, apesar de ser quase meio-dia. Acendeu a luz e os olhos piscaram. Nenhum dos meninos chorou, mas também nenhum olhou na direção das mulheres. Eram crianças que já tinham deixado de acreditar que pudessem ser salvas, e viviam enroladas na própria escuridão. Nadia conteve-se de gritar quando viu dois bebês muito sujos e amarrados aos berços. Mandou que os levantassem e lhes dessem banho. Sabia que nunca iria despertar na diretora, ou nas funcionárias, suficiente compaixão para que amassem aquelas crianças, mas pelo menos podia dar ordens para que houvesse higiene e cuidados. Mais uma vez, Drago não estava ali.

Na boca da diretora, as razões para aquele estado de coisas iam variando: tanto vinham da falta de dinheiro ou de pessoal, como das dificuldades nacionais na distribuição de alimentos. Ninguém tinha culpa, afinal de contas. Havia uma cadeia de causas e consequências que estavam para além da boa vontade. Nadia despediu-se ao fim de duas horas sem ter encontrado o filho. Antes de partir, gritou com a diretora: exigia melhores cuidados e mais higiene. A sua explosão foi assustadora para as funcionárias que a testemunharam, tanto mais que estavam habituadas a ver a diretora como a única figura de poder. A fúria tinha tomado conta de Nadia e não a largava. Berrou durante meia hora. Talvez viesse a beneficiar aquelas crianças se gritasse com suficiente autoridade.

Mal saiu do orfanato, apanhou o autocarro. A distância até casa era grande. Sentou-se e fechou os olhos. Sentia-se fora do mundo. O horror do que observara continuava à sua frente, muito nítido, enchendo-a de angústia. Ao lembrar-se do rosto daquelas crianças, crescia dentro de si um sentimento de desolação, uma dor em estado puro. Uma dessas crianças podia ser o seu filho. Quantos mais orfanatos teria de visitar até descobrir Drago? Como o encontraria? Isto, se o viesse a localizar. Desta vez, havia conseguido enganar a diretora e as funcionárias, apresentando-se na pele de uma personagem feita de aparências. Sim, desta vez a ilusão jogara a seu favor. Restava saber se funcionaria na próxima tentativa.

IV

Não se pode fazer mais nada num autocarro, quando não se conhece ninguém, do que olhar para a expressão resignada das pessoas ou pela janela, para os prédios cinzentos das ruas. Mas Nadia só via o seu reflexo enquanto fazia a viagem de regresso a casa. Aquela cara à superfície do vidro parecia pertencer a uma pessoa diferente, a uma desconhecida que se fixara ao seu rosto. Se olhasse para trás, para os idos anos setenta, pensaria na rapariga que fora da mesma maneira que nos podemos lembrar de uma personagem longínqua de um livro. Lembrava-se de si como uma jovem de uma determinação invulgar, muito diferente da mulher em se transformara depois de casada. Se queria encontrar o filho tinha de resistir e de ser forte como conseguira sê-lo outrora.

As recordações desse tempo foram regressando com repentina clareza. Nadia crescera a ouvir a voz de Ceausescu na televisão. Era suposto a voz do chefe de Estado tornar-se tão familiar para os cidadãos como os ruídos da chuva e do vento. Em criança, ela conseguia fazer imitações perfeitas do tom desses discursos e da ligeira gaguez do Presidente. A mãe ria-se muito, mas avisou-a de que nunca fizesse aquilo fora de casa.

Na escola, Nadia esforçava-se, como os colegas, por se preparar para o grande futuro socialista. Os professores eram obrigados a difundir a ideologia como uma religião. Havia marchas e cânticos todas as semanas. Porém, no seu íntimo, sempre que olhava para um cartaz do Presidente, Nadia via apenas um rosto feio. No liceu detestava as reuniões do partido. O que a agoniava nem era a discussão da doutrina marxista, mas os excessos dos delegados na celebração da personalidade e das iniciativas do Presidente. Nessas reuniões existiam figuras tenebrosas que trairiam os próprios pais só para ascenderem nas organizações juvenis do partido e entrarem mais tarde para os seus quadros.

Talvez a mãe fosse responsável pelo seu descrédito em relação ao regime por lhe ter contado que conhecera Elena, a mulher de Ceausescu, no fim da Segunda Guerra Mundial. Trabalhavam na mesma fábrica de têxteis, ainda que em seções diferentes. Uma noite, a mãe de Nadia expôs-lhe as suas dúvidas sobre os diplomas de química e as grandes descobertas científicas de Elena que os jornais divulgavam. Nessa semana só se falava de um doutoramento *honoris causa* atribuído por uma universidade de Inglaterra à primeira-dama. Levantara-se uma tempestade que durara toda a noite. Uma coisa nunca vista, tão violenta e prolongada que a Terra parecia ter-se desviado da sua órbita. A mãe de Nadia fora dormir para a cama da filha, mas nem uma nem outra conseguia adormecer. O quarto era de vez em quando iluminado por relâmpagos e o céu parecia desabar numa fúria tremenda. Nadia tinha medo de tempestades, era um medo primitivo que não conseguia controlar. Para não a deixar só com os seus receios, a mãe foi-lhe contando histórias sobre a sua infância e também sobre a sua viagem para Bucareste ainda tão nova. A certa altura lembrou-se de Elena. Era uma simples operária e das mais desajeitadas. Tinha sido, aliás, um segredo bem guardado o fato de a atual primeira-dama ter cumprido apenas quatro anos de escolaridade. Contas simples ou a gramática elementar causavam-lhe embaraço. Tentara estudar à noite, mas chumbara nos exames. Mesmo na penumbra do quarto, Nadia viu formar-se uma sombra na expressão da mãe. "Neste país", explicou-lhe, "modificam-se não só as coisas que se passam no presente, mas também as do passado, e o que habitualmente se chama verdade é transformado num embuste que aumenta a grandeza do Presidente". Na manhã seguinte, já se havia arrependido das suas confissões. O seu olhar tinha um brilho duro quando fez a filha jurar que nunca contaria nada daquilo a ninguém. Essa confidência, no entanto, marcou Nadia; percebeu como as notícias dos jornais continham encenações e fraudes, escrevendo-se muitas mentiras sobre o Presidente e a família.

À mãe de Nadia ninguém podia tirar o temor de que a Securitate a viesse um dia interrogar só por ter conhecido, ainda adolescente, Elena Ceausescu. Tinha tendência para ver em cada acontecimento do cotidiano um sinal de movimentos da polícia. Treinara-se para esquecer tudo, tendo criado uma história de vida sem a menor lembrança da antiga colega.

Nadia aprendera com a mãe a esconder-se atrás do vago, a dissimular o que sentia e a amordaçar o receio. Na escola, imitava o comportamento dos outros alunos e repetia as frases que geravam mais consenso. Nas sessões políticas do liceu, e depois no politécnico, para não levantar a suspeita de querer pedir a palavra, nem tirava as mãos do colo. Nessas sessões, onde se discutia a doutrina marxista e os comportamentos revolucionários, todos os alunos procuravam não cometer deslizes. Nadia não era diferente. Mesmo tentando desviar-se do medo, o sentimento enraizava-se no corpo, pois qualquer colega podia acusá-la de traição pelos motivos mais fúteis. A desconfiança era um sentimento de fundo nas amizades. A sua solidão na escola parecia-se com o seu destino e com o do país. Valiam-lhe os livros que requisitava na biblioteca, que estranhamente ninguém controlava.

Durante os anos em que andou no liceu e no politécnico, Nadia esforçou-se por ser invisível. Aprendeu a nunca demonstrar por palavras ou gestos as dúvidas sobre o regime. Nunca ninguém a acusou de individualismo, de falta de adaptação ou de ausência de consciência socialista, apesar de as suas reservas poderem significar isso mesmo. E, no entanto, às vezes sentia-se confusa porque via genuíno entusiasmo em muitos dos seus colegas, convencidos de que o país tinha descoberto o rumo para o paraíso.

Terminou o curso e arranjou trabalho. Procurou emprego em escolas primárias. Queria lidar com miúdos pequenos cujas emoções fossem espontâneas e ainda não tivessem aprendido as manhas dos mais velhos. Foi aceite numa escola perto de casa. A diretora simpatizou com ela na entrevista e confirmou que o lugar era seu, não sem antes verificar detalhadamente a sua formação e o seu cadastro político. Nessa mesma manhã, apresentou-a ao seu grupo, mandando as crianças cantar o hino. A encenação de gestos marciais fazia parte da atitude daqueles miúdos tão pequenos; gritavam mais do que cantavam, mas o que parecia contar era a sua atitude bélica. Erguiam o pescoço e dirigiam os olhos para o alto, como tinham sido ensinados, numa espécie de coreografia. Durante cinco minutos, pareceram soldados, e depois desataram aos saltos e aos gritos, correndo uns atrás dos outros como crianças normais.

No seu primeiro ano de trabalho, Nadia cedeu aos manuais escolares, mas pouco obedecia às regras estabelecidas. Não podia escapar do hino e de outras canções que constavam do programa, mas às escondidas lia algumas histórias tradicionais às crianças. Eram dos poucos momentos em que elas permaneciam caladas, parecendo borboletas esvoaçando em redor da chama de uma vela. As aventuras das personagens originavam sentimentos bem diferentes das poses rígidas e marciais das canções. Outras vezes, Nadia fazia jogos em que os dedos dos miúdos eram animais e as vozes inventavam ameaças e perigos em aventuras na selva.

Era a professora mais nova, por isso a que ficava até mais tarde na escola, entregando os filhos aos pais mais atrasados. Não fez grandes amizades com as colegas, mas estabeleceu laços com a empregada de limpeza. Ao fim da tarde, tinham o edifício só para elas e esse era um momento de liberdade para ambas conversarem. Gabriela fazia as limpezas no colégio, mas já tinha sido encarregada de produção numa fábrica.

Agora estava numa situação desesperada. Não tinha dinheiro nenhum, só dívidas e a renda do quarto para pagar. E todos os meses era intimada pelos serviços secretos.

O que para a polícia secreta era um grave enredo de traição não passara de uma noite de amor com um turista alemão e algumas cartas enviadas para o estrangeiro, pedindo ao amante que a viesse buscar. Em todo o caso, tivera de desaparecer da fábrica, forjando referências para um emprego humilde ainda enquanto encarregada. Mesmo para ser empregada de limpeza numa escola, era preciso ter um cadastro limpo e uma carta de recomendação.

O desastre começara quando as suas cartas de amor foram interceptadas pelos serviços secretos. Uma tarde, um inspetor foi ter com Gabriela à fábrica, entrou no gabinete dela e fechou-o à chave. Apresentou-se e sentou-se à frente dela. Durante alguns minutos não disseram nada, fez-se tanto silêncio que se ouvia a respiração da mulher e o fervilhar do medo. Depois, o inspetor começou a gritar, gritou até lhe doer a garganta, as veias do pescoço incharam como serpentes azuis. Acusou-a de traição com um estrangeiro e aconselhou-a a confessar.

A princípio, Gabriela não respondeu, demasiado aturdida para pensar. Mas tinha amigos que já haviam sido interrogados e sabia que negar toda a história seria a mais estúpida defesa. Por isso, baixando os olhos, decidiu assumir o caso amoroso, sem ter a noção de que, num interrogatório, a polícia se servia de fatos suspeitos como premissa para desenvolver acusações bem mais graves. Na verdade, tinha sido apenas uma história de amor inconsequente, porém as coisas ajustavam-se de maneira muito diferente na versão da polícia. Rapidamente, a acusação do inspetor evoluiu para indícios de espionagem industrial. Gabriela não podia fazer nada senão deixar que a acusação se desenrolasse. Entretanto, o inspetor levantara-se e andava à volta da mesa aos berros: "vaca" e "puta", não poupando nos insultos. Gabriela estava à espera de umas bofetadas mas, para sua surpresa, o agente, ao fim de duas horas, mandou-a sair, avisando-a de que voltaria no dia seguinte.

Nesse mesmo dia, Gabriela tentou desaparecer. Forjou a carta para procurar outro emprego e mudou de casa, alugando um quarto, mas depressa foi descoberta pela Securitate, sendo intimada a prestar depoimento várias vezes. Uma, duas vezes por mês, sempre cedo, pela manhã. Por enquanto, na escola, ninguém suspeitava de que era obrigada a ir à polícia.

Gabriela e Nadia tornaram-se amigas por serem tão diferentes das restantes trabalhadoras da escola. Nunca ninguém soube daquela relação, talvez por se desenrolar dentro de uma sala de aulas ao fim da tarde, local onde nem os agentes da Securitate costumavam entrar. Essa ligação tornou-se política a partir do momento em que Gabriela descreveu à amiga os interrogatórios. Talvez por Nadia ser tão reservada, desde as primeiras conversas Gabriela sentiu-se à vontade para introduzir um tom de intimidade. Se não contasse a alguém o que lhe estava a acontecer, enlouqueceria e aquela professora de olhos tranquilos escutava-a sem nunca olhar em volta, aflita, para ver se entrava alguém.

Quando Gabriela começou a falar, Nadia poderia ter pedido que se calasse para não se comprometer, mas quis ouvi-la. Dizer tudo, Gabriela não disse, apenas referiu o que podia ser expresso por palavras. Não mencionou, porque seria impossível de explicar, que, para sobreviver, tinha de aceitar as acusações do inspetor e sugerir nas suas respostas elementos verossímeis que a inocentassem, mesmo que falsos. Em cada nova sessão de interrogatório, era necessário estar alerta para perceber se o inspetor a incriminava por um fato já apontado ou se se tratava de uma nova acusação. Era preciso uma concentração total para repetir de forma exatamente igual o que fora dito em anteriores sessões, de preferência reproduzindo as mesmas frases. Para sobreviver ao interrogatório, era necessário nunca negar de imediato as acusações, jamais perturbar a sensação de superioridade do inspetor, nem permanecer em silêncio demasiado tempo. Eram tantas as coisas a que tinha de dar atenção que o discurso de Gabriela enveredava por pormenores cada vez mais insignificantes. E, sobretudo, era preciso ter cuidado para não implicar mais ninguém. Esse era, aliás, o propósito dos interrogatórios.

Gabriela não explicou a Nadia todos os detalhes do que acontecia na sede da Securitate, mas Nadia adivinhou os temores da amiga por estar sempre na iminência de ser chamada a depor. Tanto assim que às vezes desejava ficar louca, confessou-lhe, como uma forma de se ver livre de si sem se matar. Por isso, Nadia não ficou verdadeiramente surpreendida quando ela lhe confessou que ia tentar fugir pela fronteira terrestre, primeiro para a Hungria, depois para a Iugoslávia. Estavam ambas sentadas numa carteira ao fundo de uma sala e faltavam duas semanas para o final do ano letivo. Gabriela tinha acabado a limpeza e Nadia havia entregado a última criança à respectiva mãe. Da primeira vez que Gabriela referiu a sua ideia de fuga, esta soou-lhe tão estranha como quando nos dão um beliscão e não sabemos se foi por brincadeira ou para nos assustar. Mas ela reforçou as intenções de tentar a sorte no estrangeiro com uma expressão intensa e concentrada. Nadia perguntou-lhe como ia fazer. Gabriela recusou revelar os seus planos, até para a proteger. Mas dava ideia de que não sabia muito bem ainda como iria atravessar a fronteira e que a sua única estratégia era seguir em frente.

Nadia não conseguia converter um plano de fuga para o estrangeiro numa viagem, com etapas e caminhos a percorrer. Mas aprovou os projetos da amiga. Quanto a Gabriela, a possibilidade de fuga acompanhava a esperança de uma vida sem perseguições. Então, implorou por ajuda. O quarto que tinha arrendado era nas traseiras de um apartamento, as suas saídas não eram notadas por ninguém da casa, como se não fizesse parte da vida do edifício. Mas poderiam dar por falta dela na escola. Exceto, claro, se alguém fizesse a limpeza das salas. Também ali só entrava depois de a maior parte das pessoas terem saído. Mas iriam, sem dúvida, reparar nas salas sujas. Depois fez-lhe o pedido, perscrutando o rosto de Nadia com uma concentração que não admitia hesitações. Ela respondeu-lhe que sim, afirmando que esfregaria as salas. A emoção apoderou-se repentinamente de Gabriela. Abraçaram-se. Ambas sabiam que não se voltariam a ver. Nadia tinha noção de que nunca iria saber se Gabriela conseguira fugir ou se fora presa.

Depois de a escola ficar vazia, Nadia vestia o uniforme de Gabriela e varria e lavava o chão das salas. Quando abotoava a bata, o seu coração sobressaltava-se, mas as mãos sabiam perfeitamente o que fazer, nunca se interrogando sobre se viria a ser descoberta. Fez as limpezas durante aquelas duas semanas até as férias. Havia sempre a possibilidade de alguém aparecer e a denunciar, mas o seu corpo entregava-se ao trabalho e o medo ficava em suspenso por causa do esforço. Desta maneira eliminava as suspeitas sobre Gabriela, abolindo também as perguntas da diretora. Havia ainda a hipótese de a polícia vir atrás de si para a interrogar, mas quanto mais tempo passava mais improvável se tornava. Às vezes, a mãe perguntava-lhe porque chegava tão tarde a casa. Nadia inventava desculpas porque a coisa certa a fazer, ou mesmo a necessária, era não a preocupar.

As semanas passaram e o medo começou a ser algo do passado. As férias aproximavam-se, sem que ninguém na escola perguntasse por Gabriela. Pelo verão dentro, sempre que pensava na amiga, Nadia tinha vontade de sorrir. Ela nunca lhe escreveria porque as cartas do estrangeiro eram abertas pela polícia. Mas a sua confiança de que teria tido êxito cresceu com a passagem do tempo. No ano letivo seguinte, quando viu que Gabriela não aparecia, a diretora contratou outra empregada de limpeza.

Um ano mais tarde, Nadia não resistiria à voz de Paul. Deixou-se arrastar na voragem do amor ao ponto de não ser mais ela própria. Qual era a sua arma agora? Reencontrar a coragem com que em tempos ajudara Gabriela para poder voltar a ter Drago nos braços. Era esse o seu plano quando saiu do autocarro na paragem ao pé de casa.

V

O verão chegou. O sol queimava, traços de luz desenhavam-se por todo o lado, menos no coração de Nadia. Durante esses meses continuou a usar as credenciais falsas para procurar o filho nos orfanatos de Bucareste e das cidades dos arredores. Aproveitou as férias grandes para essa missão. Porém, só podia fazer visitas nos dias em que Paul estava fora da cidade e em que a filha tinha atividades nos pioneiros.

Os orfanatos situavam-se quase sempre no fim da linha de um elétrico ou de um autocarro. Erguiam-se em lugares ermos rodeados de muros altos. Eram casarões escuros com nuvens de crianças magras de rostos tristes e macilentos. A fome estava sempre presente nas suas caras e, pelo que Nadia percebeu, os castigos eram arbitrários e sem critério. Os olhos daqueles meninos reluziam, enormes, enquanto as barrigas iam inchando e ficando ocas. Sempre que Nadia se aproximava das crianças para lhes perguntar alguma coisa, elas escondiam-se de imediato; fugiam do contato com adultos e mal falavam entre si. Ninguém lhes afagava o cabelo, ninguém lhes murmurava uma palavra de consolo. Muitos estavam doentes, muitos outros morriam, apesar das transfusões de sangue a que eram sujeitos para ficarem mais fortes, segundo indicações da própria Elena Ceausescu. A morte entendia-se facilmente com os seus frágeis corpos. Como causas para a mortalidade, nas inspeções, eram-lhe enumerados os segredos das enfermarias: disenteria, pneumonia, raquitismo, mas também, e isso era do maior secretismo, sida.

Nos dormitórios as crianças eram deitadas às duas e às três por cama. Por detrás das pálpebras mal fechadas, irrompia decerto o sonho de uma mãe que as viesse salvar. Mas isso nunca acontecia. Uma das vezes em que Nadia percorreu o dormitório de um dos orfanatos, um gemido interrompeu os seus passos, um som débil e trêmulo, fluindo fraco. Aproximou-se e viu um menino com cerca de três anos. Retirou a criança da cama e esta simplesmente morreu-lhe nos braços. Nesse instante, imaginou que podia ser o seu filho. Com as mãos geladas, dobradas no peito, continuou a segurar a criança. A diretora ia para lhe tirar o cadáver, mas Nadia ordenou que fosse tratar do funeral e dirigiu-se com a criança ao colo para um gabinete. Foi sendo arrastada para fora do tempo humano, passou mais de uma hora sem a conseguir largar. Esperou até se extinguir a luz para entregar o pequeno cadáver à diretora. Mesmo assim, baixou o rosto — vermelho e contorcido pelo esforço de não sucumbir às lágrimas.

A seguir abandonou silenciosamente o orfanato. A personagem que criara desmoronou-se, não conseguia agarrar-se a nada com convicção. Quando estava na paragem do autocarro, uma visão de Drago assaltou-a, a mais nítida das visões em que ele também estava morto. Em vez de desatar a chorar, imaginou-se a matar o marido. Todos os dias tinha pensamentos de ódio contra Paul que nunca se exprimiam numa ação concreta. E, no entanto, sabia que dispunha de um revólver em casa. Havia vários anos descobrira num armário uma mala de pele, bastante gasta e incrivelmente pesada, que nunca vira antes. Abrira-a. Lá dentro estava um revólver com uma coronha de madeira. Nadia não fazia a mínima ideia de que calibre era nem se estava carregado. Tomou-lhe o peso e depois, silenciosamente, voltou a colocá-lo no lugar. Pensar nessa arma foi o seu único consolo ao subir para o autocarro. Sentou-se. Sentia o corpo tenso, tinha as mãos firmemente cerradas no colo e pensamento suspenso numa imagem em que se via a disparar contra o marido.

Numa das suas últimas visitas a um orfanato, já em setembro, teve pela primeira vez receio de ser descoberta. Quase nunca acontecia, mas nessa tarde a diretora da instituição em causa, ao recebê-la no seu gabinete, pediu-lhe as credenciais. Madame Maurer, uma mulher magra com cerca de sessenta anos, era meticulosa. Nadia, ainda de pé, tirou da carteira o documento. Um sobressalto traiçoeiro fez-lhe tremer um pouco a mão, os dedos deambularam pelo cartão falso antes de o estender à diretora. Por mais que tentasse manter o controle, sentiu um esgar de tensão no rosto, enquanto Madame Maurer o pousava na secretária e procurava os óculos. O coração de Nadia batia-lhe no peito, acelerado. Como não encontrava os óculos em lado nenhum, a diretora pediu a uma funcionária que os procurasse na cantina. Sugeriu a Nadia que passassem à visita.

Foi difícil aguentar firme a personagem. A qualquer momento a funcionária podia aparecer com os óculos e Nadia seria desmascarada. Mas mais importante era encontrar Drago, mesmo não adivinhando como aquele jogo iria terminar. As crianças tinham ali melhor aspecto do que noutros orfanatos, não havia miúdos atados às camas dos dormitórios e as salas estavam impecavelmente limpas. Madame Maurer, em vez de se amedrontar com a sua presença, apresentou-lhe um rol de queixas sobre os atrasos e insuficiências dos fornecimentos, enquanto lhe mostrava as camaratas, a cantina e as salas de aula. Mais uma vez o filho não estava em lado nenhum. Quase no fim da visita, Nadia pediu para ir à casa de banho. O seu rosto no espelho perdera a nitidez. Sentia-se cheia de vontade de chorar, mas esforçou-se por não sucumbir às lágrimas. Cerrou os dentes, molhou as mãos na água fria e lavou as faces. Não sabia o que fazer se fosse confrontada com os documentos falsos, porém não podia em circunstância alguma desfazer a personagem.

Regressou ao gabinete da diretora para se despedir, mantendo uma postura rígida. Ao dar-se conta da tensão que o rosto de Nadia não podia deixar de mostrar, Madame Maurer sorriu-lhe e disse-lhe, cruzando o seu olhar com o dela: "Eu sei que pouco pode fazer, mas em nome das crianças, peço-lhe que pelo menos tente informar os seus superiores." Ao mesmo tempo, estendeu-lhe o cartão, sem que Nadia percebesse se chegara a olhar para ele. A frase perturbou-a, percorreu-a num arrepio. Era apenas uma impostora em busca do filho, cujas mentiras tinham tido plena aceitação nos orfanatos e que não podia fazer nada pelas crianças. Despediu-se num tom de calma forçada e fixou os olhos descrentes de Madame Maurer, observando como ela tentava ler intenções nos seus próprios olhos.

Enquanto se dirigia para a paragem do autocarro, Nadia não era capaz de pensar com clareza. Sentia-se sacudida por uma espécie de tumulto que a ensurdecia e lhe deixava os olhos enevoados. Na viagem de autocarro reviu todos os pormenores da conversa com a diretora, sem chegar a nenhuma conclusão sobre uma possível denúncia.

Era quando regressava das suas visitas aos orfanatos que Nadia mais odiava Paul. Mas tinha de resistir aos sentimentos de ódio e controlar-se. Tentava conter a dor e evitar palavras estridentes. Fazia o jantar ao marido, tratava da roupa, mas não lhe dirigia a palavra. Deslocava-se pela casa, tentado extrair de si as emoções. Porém, todos os movimentos rotineiros para fazer as camas ou cozinhar eram penosos, como se tivesse de se esforçar para redescobrir a sequência dos gestos de outrora.

Paul ressentia-se em particular de que a mulher lhe virasse as costas quando ele se vangloriava dos seus mais recentes êxitos políticos. Enquanto ofendido, acusava-a de atitudes anti-revolucionárias, mas deixava-a ir dormir para o quarto da filha. Pela primeira vez, em todos aqueles anos de casamento, admitia o afastamento dela. Ficava depois na sala a falar sozinho, gesticulando e cuspindo acusações por Nadia ainda não se ter resignado com o destino de Drago. Na sua raiva chegava a convencer-se de que fora ela a responsável por ter tomado essa decisão com os seus comportamentos de desafio. De resto, para Paul as coisas continuavam iguais. Continuava a barbear-se cuidadosamente todos os dias, as roupas eram tão elegantes como sempre tinham sido, as palavras de auto-enaltecimento sempre na sua boca. Mas, às vezes, muito raramente, tinha algumas dúvidas em relação à entrega do filho ao Estado. Porém, depressa sossegava. Sim, tinha a certeza, fizera o que era melhor a bem do país.

Durante aqueles meses, Nadia sentia-se vigiada por Inga. A filha parecia ocupada em tentar compreender se ela conseguia ser a mãe de sempre ou se teria de contar com a estranha metamorfose que se verificara nela desde que Drago desaparecera. Mas Nadia preocupava-se com a filha. Era por Inga que evitava ceder ao desespero e procurava manter unidos os fragmentos da sua vida. Quando se dirigia à filha, esforçava-se por transmitir alguma densidade às palavras. Inga nunca mencionava o irmão, mas, certa tarde, Nadia encontrou-a a chorar agarrada a um brinquedo de Drago. Foi ter com ela, quis envolvê-la num abraço, mas, assim que lhe acariciou o cabelo, Inga levantou a cabeça atingindo-a com a explosão da sua raiva. Olhava-a como se também ela fosse culpada pelo desaparecimento do irmão e não merecesse aliviar-lhe o sofrimento. E ela não sabia o que dizer para a confortar.

Também Nadia raramente se referia a Drago, nem sequer para mencionar as saudades que tinha dele. Receava falar do filho por ter medo de ferir Inga e de a fazer descontrolar-se. Mas começou a ter dúvidas, como se a miúda pudesse pensar que aquela era uma situação normal. Por isso, passou de vez em quando a evocar episódios antigos em que Drago se mostrara especialmente engraçado ou dera provas de ser muito esperto. E depois assegurava a Inga que em breve estariam de novo juntos. Não fazia ideia de como poderia vir a cumprir essa promessa e, perante as perguntas da filha, hesitava nas palavras. E isso também era assustador para Inga, porque não percebia se Nadia estava a dizer a verdade.

Prosseguia a sua busca pelos orfanatos havia meses. Já só lhe faltava visitar dois nos arredores de Bucareste. Outubro tinha, entretanto, chegado e, com ele, as primeiras chuvas. A aproximação do frio trouxe-lhe novas angústias. E se Drago não tivesse roupa suficiente? Cada vez que terminava uma visita a um orfanato, era como se fechasse um portão atrás do filho. Chorava todas as noites. Em nenhum momento a sua mente era capaz de se anestesiar contra o que era demasiado doloroso: a perda de um filho. Porém, se alguém lhe perguntasse o que faria se o descobrisse, ela não saberia o que dizer. Todas as noites inventava planos que salvassem as crianças. Esconder-se na aldeia dos avós, fugir para a Alemanha, eram possibilidades, mas nunca resistiriam à perseguição do marido ou da polícia.

Uma manhã, no princípio de novembro, a campainha de casa tocou. Paul já tinham saído e Nadia foi abrir. A voz em surdina do homem que estava à sua frente entranhou-se nela. Era um estafeta da polícia secreta, avisando-a para se apresentar na sede da Securitate, na Rua Dem Dobrescu, no dia seguinte às seis horas da tarde. Ao fechar a porta, Nadia ficou imóvel, a tremer. Temia não aguentar o abalo interior que naquele momento a assolava, as fontes a pulsar, as náuseas, os suores frios. Se fosse presa, perderia também a filha. Para combater a possibilidade de se desfazer em lágrimas, foi buscar o casaco em passo lento e cauteloso e saiu para o trabalho.

Não dormiu nada nessa noite. Ficou acordada ao lado de Inga, de mãos atrás da cabeça. Estava aterrada. E, à medida que as horas avançavam, a força do pânico redobrava. No dia seguinte, ao fim da tarde, apanhou um autocarro da escola para o posto da polícia. Quase todos os lugares estavam vazios, mas deixou-se ficar de pé. Observava a cidade como que por detrás de uma parede de vidro, as pessoas andando na rua, mas impiedosamente paralisadas. Os edifícios cinzentos aumentavam a sua solidão. As fachadas eram retilíneas, as janelas pequenas, o betão da cor da tristeza. Aqui e ali, ao longo do percurso, uma praceta e algumas árvores nuas, como se a cidade fosse cenário de um pesadelo. A infelicidade espelhava-se também nos rostos dos transeuntes. O medo não existia apenas quando se tinha de ir prestar declarações num interrogatório. Insinuava-se nas atitudes, embora as pessoas tentassem nada deixar transparecer. O medo era uma doença contagiosa.

Quando chegou à sede da Securitate, um polícia pediu que aguardasse um instante. O rosto do agente manteve-se inexpressivo enquanto fazia uma chamada interna. De seguida indicou-lhe o caminho: deveria subir ao primeiro andar, tomar um longo corredor, depois virar à esquerda e bater na terceira porta. Nadia não conseguiu fixar as indicações, por isso subiu as escadas e percorreu os longos corredores como se estivesse a atravessar um fio de arame suspenso. Perdeu-se. O medo fazia sentir a sua força, era uma garra que apertava. Quando finalmente se orientou, apoiou-se na parede antes de bater à porta. Uma voz mandou-a entrar. O gabinete estava escuro, não tinha janelas e só uma pequena lâmpada iluminava a secretária.

O inspetor era um vulto na sombra. Nadia sentiu o cheiro do seu perfume, uma fragância cara que custava no mercado negro muito mais do que um fato completo numa loja do povo. Manteve-se de pé. Passaram alguns minutos até ele se voltar. Reconheceu de imediato o inspetor Pacepa, mas na sua expressão não havia indícios do brilho sedutor com que outrora entabulara conversa consigo numa festa. Porém, surpreendentemente, cumprimentou-a, beijando-lhe a mão.

Pediu-lhe que se sentasse. Esboçou um breve sorriso, dizendo: "Já nos conhecemos algures..." Depois ficou de novo sério e durante alguns minutos não disse nada. O silêncio era tremendo, gerando em Nadia uma onda de ansiedade. Então, o inspetor começou de súbito a falar. Uma voz suave, quase doce, embora os olhos fossem de um frio cinzento e metálico. O olhar dele deixava-a pouco à vontade porque não o sabia interpretar. Quanto mais tentava guardar com rigor os pormenores do que lhe dizia, menos conseguia entender o seu discurso. Ela olhava em volta enquanto ele falava, um olhar extremamente inquieto, porque tudo o que o agente referia era muito diferente do que esperara. Tivera medo de que a acusassem por usar documentos falsos do partido, que a levassem presa por se ter feito passar por inspetora. Imaginara que iria ser maltratada, que nas mãos do inspetor seria uma espécie de trapo que se amarrota para mostrar zelo e competência. Contudo, sucedeu exatamente o contrário. Pacepa fez-lhe saber que havia meses que tinha conhecimento das suas expedições, mas não a acusou de nada nem a insultou. Nadia suspeitou do sorriso do homem, um sorriso quase sedutor. Uma afirmação daquelas só podia vir seguida de ameaças. Porém, a voz dele, que estava habituada a penetrar nos ouvidos dos interrogados para gerar terror, prosseguiu num tom afável, dizendo-lhe: "Para que a desgraça não invada mais a sua vida, para não ser acusada de fraude e falsificação de documentos, e, sobretudo, se quiser saber onde está o seu filho, tem de passar a vigiar o seu marido e apresentar-me relatórios mensais." A voz continuava a ser melíflua, de uma suavidade tal que não parava de surpreender. Aos poucos, Nadia foi compreendendo o que o inspetor queria dela. Aparentemente, as ambições desmedidas de Paul tinham gerado hostilidade em funcionários mais poderosos do que ele. Nadia deduzia que talvez fosse isso, ou então tudo aquilo não passava de um embuste para ela denunciar outras pessoas.

"Há suspeitas de que o seu marido desviou dinheiro", acrescentou o inspetor. Tanto podia ser uma acusação falsa como verdadeira, porque as palavras de um agente da Securitate tinham apenas em vista definir as culpas de um futuro prisioneiro. Nadia ia ficando cada vez mais confusa.

Ou aquilo era uma armadilha, ou Paul caíra de fato em desgraça. E todos sabiam que, quando se levantavam suspeitas sobre um quadro do partido, a mulher, a mãe, o pai e toda a família eram vigiados. A polícia recolhia uma grande quantidade de informações precisas sobre ele, aparentemente insignificantes, mas que, todas juntas, poderiam sustentar um caso. Havia muito que a Securitate devia conhecer as visitas de Nadia aos orfanatos.

Houve uma pequena pausa antes de ela perguntar pelo paradeiro do filho. Então o inspetor mostrou pela primeira vez que estava habituado a mandar. A voz soou com autoridade. Seria informada do nome do orfanato dali a um mês, no próximo encontro, se as informações que trouxesse fossem valiosas. Seria também autorizada a visitar o filho, mas não poderia retirá-lo da instituição para não levantar suspeitas.

Nadia compreendeu que aquela era a única maneira de ver Drago. Não hesitou. Disse que sim. Não havia mais nada a fazer. Para ter de volta o filho, tornar-se-ia uma delatora. Era uma escolha sem dúvida penosa, mas Paul merecia todos os castigos. Além disso, mesmo que não colaborasse, o desfecho do caso estava decidido de antemão. Na verdade, sabia, como todos os romenos, que não havia fuga possível às acusações da Securitate.

O inspetor deu-lhe autorização para sair. Então, à despedida, afirmou: "Ainda teremos de nos encontrar noutras circunstâncias." O enigma ficou no ar. Sorriu a Nadia, como se tudo aquilo não passasse de uma brincadeira entre eles. E, antes que ela pudesse recuar, tocou-lhe com um dedo na face. Nadia olhou-o ainda mais confusa e fechou a porta do gabinete.

Quando regressou à rua, já o pouco sol tinha desbotado, a noite caíra na cidade e as sombras estendiam-se nas ruas. Nadia caminhava para a paragem de autocarro, carregando a perplexidade do mundo — afinal, nunca tinha espiado ninguém. Por cima da cabeça, era o vento que lhe despenteava o cabelo; por dentro, tudo se agitava.

Chegou a casa pouco depois; Paul não estava. Nadia deu de jantar a Inga e mandou-a deitar-se. De seguida entrou no quarto do marido decidida a procurar documentos comprometedores. Qualquer ruído exterior era uma ameaça. O seu coração batia descompassado até mesmo ao ouvir os sons mais inocentes: o vizinho a tossir do outro lado da parede, o relógio da sala a dar horas ou a música distante de um rádio. A velocidade dos gestos desvendava a sua ansiedade em descobrir alguma coisa. Uma angústia furiosa apertava-lhe o ventre. Abriu e fechou gavetas, vasculhou atrás e dentro de livros, mas apenas encontrou folhetos e apontamentos de reuniões. Quando acabou essa tarefa, era uma desconhecida, mas nem sequer sentia repulsa por si própria. Saiu do quarto, recusando-se a interpretar o que acabara de fazer. Mais tarde, na cama de Inga, aconchegou-se na escuridão como num ventre. Não tinha interesse nenhum em distinguir o certo do errado enquanto não soubesse o paradeiro do filho.

Nadia conhecia bem Paul e sabia que ele não suportava críticas, tendo de ser continuamente adulado. Essa era, aliás, a origem de muitas das suas fúrias. A qualquer outro homem pareceria inverossímil que, de um momento para o outro, houvesse uma aproximação da mulher depois de tudo o que acontecera, mas o seu marido tolerava muito mal ver-se desprezado. E Nadia precisava voltar às palavras do cotidiano para o espiar. Sendo assim, tinha de lhe dar algum sinal de que já aceitara a sua decisão quanto a Drago.

No dia seguinte, à hora do pequeno-almoço, tomou a iniciativa. Baixando os olhos, falando numa voz quase inaudível, visivelmente comovida, disse a Paul que tinha muitas saudades do filho, mas em parte compreendia: fora uma ação patriótica o que ele fizera. Não conseguiu prosseguir, mas tinha dito o essencial, no entanto, depois sentiu uma longa dor no peito que a impediu de continuar a falar. Como já tinha feito o pequeno-almoço, saiu da cozinha sob o pretexto de ir para o trabalho. O marido pareceu agradecido, como se tivesse cessado aquela acusação muda que pairava sobre ele desde que entregara Drago ao Estado, e esboçou um sorriso familiar ao dizer-lhe adeus.

Apesar de tudo teria de se aproximar aos poucos. Não podia mudar de atitude de um momento para o outro, senão Paul poderia suspeitar, mas procurou criar uma atmosfera mais conciliadora, tentando retomar algumas perguntas de outrora sobre aspectos práticos do dia a dia. Falava-lhe num tom cordial, quase amável. Por mais de uma vez pensou que o marido iria desconfiar das suas intenções, mas ele respondia-lhe como se achasse que tudo estava a regressar ao normal.

Nadia passou esses dias a refletir, interrogando-se sobre o que fazer para que o marido confiasse nela. Certa noite, depois de lavar a louça e de ter deitado a filha, encheu um copo com licor de ameixa e bebeu-o de um trago. Depois desabotoou os dois primeiros botões da camisa e foi sentar-se no sofá ao lado de Paul a escutar na televisão o Presidente. Ficou imóvel, sem dizer nada, mas o marido começou a falar com ela, explanando, como sempre fizera, sobre as propostas políticas de Ceausescu. Nadia reconheceu, no seu tom grave, as palavras excessivas com que Paul costumava comentar as vitórias do chefe de Estado, mas os olhos do marido só se fixavam nos seus seios.

De repente, fez-se silêncio. O marido aproximou-se: o rosto encostado ao dela, os lábios abertos para a beijar. Por um instante, Nadia estremeceu de repulsa, mas não se atreveu a desviar as mãos dele. Não podia ofendê-lo. E não queria que ele deixasse de desejá-la. Era essencial para reconquistar a sua confiança. De modo a aumentar a excitação de Paul, retribuiu o beijo e agarrou-se a ele como uma mulher apaixonada se agarra ao parceiro. Era preciso que ele acreditasse que era o desejo sexual que a fazia gemer, quase soluçar. Ofegante, Paul sugeriu que fossem para o quarto. Nadia foi com ele, deixando que a escuridão abrisse caminho sobre ela, dentro dela. Pensando sempre no filho, deixou-se cair na cama e abraçou o marido, apertando o seu corpo contra o dele. Beijou-o demoradamente e empurrou-o para cima de si. No fim, Paul suspirou com enorme prazer. De súbito ficou exausto, virou-lhe as costas e atravessou-se na cama. Quando o marido já dormia, Nadia voltou a lembrar-se da pistola guardada no armário. Depois levantou-se, caminhou com dificuldade até a casa de banho e vomitou.

Noite após noite, Nadia dispôs-se a escutar Paul e a dormir com ele. Havia apenas uma coisa que persistia nítida no seu íntimo: não podia nunca desistir do filho. Por vezes, convencia-se de que o marido perdera a memória do que fizera a Drago por nunca se referir a ele. Só lhe interessava o que acontecia no partido. Enumerava intrigas políticas, armadilhas a pessoas comuns e vigilâncias. Esboçando um sorriso vitorioso, exibia a sua temeridade para derrubar adversários poderosos, uma coragem nascida de uma ambição insaciável. Ela ouvia essas histórias, pensando apenas em como as poderia usar.

No dia 1 de dezembro Nadia voltou à sede da Securitate na Rua Dem Dobrescu. No percurso de autocarro, reparou num homem que virava a cabeça constantemente na sua direção. Seria Paul a vigiá-la? Tinha comentado que ia a uma reunião de comitê de bairro nos arredores de Bucareste, na zona sul, onde o rio Dâmbovita cortava a cidade. O mais provável era que fosse alguém da Securitate. Ou talvez apenas um homem a olhar para ela: os vigilantes nunca se davam a ver tão facilmente.

Chegou cedo, muito antes das seis, e levaram-na para um pequeno gabinete no rés-do-chão. Enquanto aguardava que o inspetor a chamasse, sentiu uma sensação de alarme, o sabor frio do pânico. Apesar dos seus esforços, não tinha nada de significativo a reportar. A única coisa a fazer era ampliar o que sabia. Pelo menos o suficiente para insinuar uma possível traição por parte de Paul. Para ganharem importância, as coisas que ela ouvira do marido tinham de ser enviesadas, ou mesmo completamente distorcidas. Ele havia mencionado uma viagem à Hungria e outra à Iugoslávia com Petrescu e Apostol, dois camaradas do comitê central, garantindo que iria ser muito mais bem-sucedido do que eles nos seus contatos no estrangeiro. Recordou o rosto de Paul ao referir-se aos dois colegas, uma expressão imbuída de superioridade à medida que ele demonstrava como era muito mais esperto do que Petrescu e muito mais competente do que Apostol. Tinha de recorrer a essas informações, fazer delas uma história em que o marido fosse apresentado como um criminoso. Estava decidida, mesmo sabendo que escolhia caminhos confusos, ou mesmo sem saída. Lá fora a neve batia nas janelas, e a luz de inverno transmitia à sala um ambiente gélido, apesar do aquecimento estar ligado. Estremeceu de frio, sentia a pele arrepiada quando chamaram o seu nome.

O inspetor Pacepa continuava a usar o mesmo perfume caro. Recebeu-a num gabinete sombrio, mas com uma pequena janela. Mandou-a sentar-se. Os seios, as pernas: o deleite com que a escrutinava era mais do que grosseiro. Mas o rosto sério aguardava pelas suas palavras. O olhar dele penetrou em Nadia, impondo-se. Depois questionou-a sobre o que tinha a reportar. O que escutara não se enquadrava em qualquer deslealdade ao Presidente, mas ela mentiu até a realidade se tornar irreconhecível. Insinuou que Paul desviara fundos durante anos, pois dispunha de muito mais dinheiro do que o que seria natural para um funcionário da sua categoria. Acrescentou que suspeitava de que ele iria pedir asilo no Ocidente e faria contatos para concretizar esses planos em viagens à Hungria e à Iugoslávia no mês seguinte. Na invenção, Nadia mexia-se mais à vontade quando se servia de fatos reais, fazendo-os parecer atos de traição. Nada mais lhe interessava a não ser mentir bem com uma voz sempre firme. O inspetor não abriu a boca, disse-lhe apenas que deveria passar a escrito tudo o que acabara de dizer. Com a mesma expressão grave, abriu a gaveta da secretária e pôs-lhe várias folhas de papel à frente. Nadia agarrou na caneta. Não sabia de onde tinha vindo aquele registo acusatório para as palavras e aquela caligrafia estranhamente bem desenhada — incongruente com as explosões de medo que se abatiam sobre ela. A mão voou pelo papel em movimentos descontrolados até terminar. Releu a última frase, antes de entregar as folhas ao inspetor: “Tendo em conta estes indícios, suspeito de que o meu marido tenha agido criminalmente contra a Pátria, o Partido e a classe operária."

Pacepa começou a ler com a atenção de um predador que não se interessa pela justiça, mas apenas pelas acusações. Só se ouvia a chuva a matraquear as vidraças. Quando o viu voltar a página, Nadia fechou os olhos por um instante porque os seus pensamentos debatiam-se como pequenos pássaros em pânico. Não podia assustar-se. Tinha de defender a sua história, firmar a sua credibilidade. Quando os abriu, o inspetor sorriu para ela: "Está muito bem, peço-lhe apenas para assinar." A voz chegou-lhe de muito longe, mas ela sentiu uma súbita leveza. Como recompensa, à despedida, beijou-lhe a mão, disse-lhe onde estava Drago e estendeu-lhe uma autorização escrita para o visitar no dia seguinte.

Só no autocarro, depois de sair da polícia, é que lhe veio um cansaço, que mais se parecia com um sentimento de queda. Se fosse religiosa como a avó, cairia de joelhos a pedir a absolvição. Qualquer mãe não hesitaria em trair um marido que lhe tirara o filho, mas ainda assim gostaria de receber a bênção de alguém. Apesar de tudo o que de mau existira no seu casamento, o rapto de Drago marcava uma linha divisória. Havia um antes e um depois.

VI

Essa terça, 2 de dezembro, amanheceu muito fria. Estava a ser um inverno tenebroso com quedas de neve desde o mês de outubro, chuva e de novo neve, com grande abundância, rios gelados por todo o lado. Nadia tomou o primeiro comboio da manhã para uma aldeia nos arredores de Târgu, onde ficava o orfanato em que Drago fora internado.

Na véspera, ainda telefonara à mãe da melhor amiga de Inga, Paula, pedindo-lhe para ir buscar a filha à escola nesse dia e para a deixar dormir em sua casa por duas noites. Depois de vir da sede da Securitate, quando o marido chegara, dissera-lhe que estava adoentada com uma gripe. Nadia sentia-se espantada com a facilidade com que mentia, o seu desespero era tal que parecia ter os sintomas da doença: espirrava, tinha tremuras e o rosto corado. Inclinara-se para Paul de modo que lhe visse os olhos congestionados. Ele recuara para o canto oposto da sala como se tivesse sido subitamente picado. Também no horror aos germes e na mania das limpezas, Paul seguia o exemplo do Presidente. Apesar de ser um segredo bem guardado, o seu marido era dos poucos a saber que todas as superfícies em que Ceausescu tocasse tinham de ter sido desinfetadas. Nadia contava com o temor dos micróbios para lhe dar uma ajuda. Como estava à espera, Paul sugerira que nessa noite dormisse no quarto de Inga, oferecendo-se mesmo para avisar a escola de que a mulher estava doente. Havia sempre o perigo de o marido a espreitar pela manhã, mas em dez anos de casamento, sempre que estivera doente, ele usara de todos os pretextos para não se aproximar. Era com isso que contava.

"Tens razão, talvez seja melhor dormir no quarto de Inga esta noite. Ela foi dormir à casa de uma amiga, não há o perigo de a contagiar", concordara Nadia. Nunca pensara ter a coragem ou o desespero suficiente para enganar daquela maneira o marido e quase sentia prazer nessa nova competência. Passou a noite sem pregar olho. As horas sucediam-se na escuridão, mas Nadia tinha o sentimento ilusório de que o curso do tempo estava suspenso. Sobre a noite abria-se uma brecha por onde poderia escapar do turbilhão que se abatera sobre si desde que lhe havia sido tirado o filho. Estava deitada numa cama, mas era como se estivesse rodeada por um círculo invisível onde cabiam novas esperanças.

Às quatro da manhã levantou-se. Todos os seus gestos eram feitos de pressa e silêncio quando fechou a porta do quarto de Inga. Paul não acordou nem deu por ela. O sol estava longe de nascer quando saiu para a rua. Naquele momento, a ansiedade transpunha a barreira do seu corpo e tornava-se extensiva ao labirinto das ruas desertas que percorreu quase a correr. Àquela hora não havia nem elétricos nem autocarros. Às cinco da manhã, apanhou um comboio na Gare Central. Era uma viagem de quatro horas até Târgu. Entretanto, amanheceu. Sentada ao pé da janela, observou os campos no descanso de inverno, sem marcas de pés, onde a paisagem se equilibrava numa beleza frágil. Os olhos reconheciam que, na linha do horizonte, a neve era mais bonita, e de repente, no meio de tanta brancura, o rosto de Drago aparecia refletido. Nadia deu por si a sorrir.

Desceu numa estação deserta com um edifício quase em ruínas. Perguntou a um funcionário que varria o chão onde ficava o orfanato. Este indicou-lhe uma casa que ficava na periferia da aldeia. Nadia meteu por uma estrada acidentada e tortuosa. No céu não se via uma faixa de claridade. As nuvens cinzentas e pesadas ameaçavam chuva. Da boca de Nadia voava uma respiração branca por causa do frio e da ansiedade.

O edifício era igual a tantos outros, escuro, sujo e degradado, no meio de um terreno amplo. A funcionária que a atendeu não entendia como uma mãe vinha de tão longe visitar uma criança e conduziu-a ao gabinete da diretora. A pintura da casa estava a estalar e, além do habitual cheiro a bafio, havia um outro cheiro, distante, mas perceptível, o da doença.

Sem se apresentar, a diretora apontou uma cadeira. Nadia estendeu-lhe as credenciais da Securitate que autorizavam a visita. Quando levantou os olhos para ela, a diretora mostrou-se evasiva, transmitindo a impressão de que não fazia ideia de quem era Drago. Pediu-lhe que esperasse e saiu da sala. A espera prolongou-se, arrastando com ela qualquer coisa de ameaçador. O coração de Nadia batia desagradavelmente. Não podia negar que havia algo de errado no tempo que a diretora estava a demorar. Levantou-se várias vezes para ir espreitar à janela. O vento soprava com rajadas de mau agouro. Quando, finalmente, a diretora reentrou no gabinete trazia no rosto a máscara feroz que Nadia já vira nos piores funcionários do partido. Antes de dizer alguma coisa, acendeu um cigarro. O fumo formava uma neblina em torno do seu rosto imperturbável, enquanto lhe explicava que Drago estava doente, tinha muita febre e tosse, talvez fosse uma pneumonia. Parecia demasiado distante das próprias palavras para se importar com aquela ou qualquer outra criança que tivesse a cargo. Nadia abriu os olhos, ficando quase sem respirar ao ouvir o diagnóstico.

A diretora conduziu-a à enfermaria. Nadia demorou alguns instantes a ajustar os olhos àquela penumbra. O ar cheirava a desinfetante com uma nota de podridão e remédios. Havia vinte e oito camas distribuídas por dois dormitórios onde estavam as crianças doentes. Enquanto uma enfermeira tentava localizar Drago, a diretora ia explicando que as doenças se espalhavam e o médico só vinha de vez em quando. O inverno não tinha culpa de ser gelado, as roupas não tinham culpa de não aquecerem e as funcionárias não tinham culpa de a comida ser escassa e o aquecimento se avariar. As crianças eram pouco resistentes e as bactérias penetravam facilmente nos seus corpos.

Passou ainda algum tempo antes de a enfermeira levar Nadia para junto do filho e esta encontrou Drago numa cama com outra criança. Levantou-o e segurou-o contra o peito. Tinha a boca entreaberta e ardia em febre. Os lábios eram como uma ferida de um vermelho fogo e tinha dificuldade em respirar. Os olhos não estavam completamente fechados, mostrando uma meia-lua branca. Nadia chamou-o pelo nome, beijou-lhe a testa, mas Drago parecia não a reconhecer. A voz que falava com ele parecia-se mais com um som mental do que com uma realidade física.

Nadia acariciou o filho com os dedos e percorreu o seu corpo, sentindo como as pernas e os braços estavam magros. Examinou o pequeno rosto com ansiedade. Pouco tinha crescido naqueles meses. Sussurrou-lhe que estava tudo bem, que a Mamã estava ali agora. Drago mexeu-se um pouco e choramingou. E, nesse instante, ela acreditou que não teria nada de muito grave. Não podia ter.

Pediu para falar com um médico, mas a única enfermeira de serviço disse-lhe que não era dia de visita. Passou longas horas andando de um lado para o outro com Drago nos braços. O rumor dos passos repercutia os ruídos da sua hesitação. Pensou em sair com ele ao colo, levá-lo de comboio para um hospital de Bucareste. Mas não sabia o que era melhor para o filho, o que fazer para o ressuscitar. Estava demasiado frio e a viagem podia matá-lo. Sim, a morte poderia chegar antes do tempo com esse gesto impulsivo. De vez em quando Drago abria os olhos, mas nunca lhe sorriu nem lhe chamou mamã.

A luz começou a esmorecer. Nadia procurou recompor-se quando a enfermeira lhe veio dizer que tinha de sair. De súbito, existiu nela uma enorme indiferença em relação a todas as outras crianças, sobretudo as saudáveis. Só lhe interessava a sobrevivência de Drago. Tirou os brincos de ouro e a aliança, deu à enfermeira quase todo o dinheiro que trazia consigo. E, olhando-a com uma fixidez desesperada, pediu-lhe que cuidasse do filho, comprando medicamentos e comida. O sorriso da mulher era ambíguo: recusou primeiro com um gesto, depois disse sim com a cabeça e agarrou no dinheiro e na aliança com a outra mão. E, no fim, assegurou-lhe que podia partir tranquila.

A viagem de regresso a Bucareste foi insuportável. Nadia enganou-se no caminho e atravessou a aldeia por dentro. Aquelas fachadas baixas, aquelas ruas desertas ao crepúsculo, perturbaram-na ainda mais. O último comboio para Bucareste já estava na estação. Só teve tempo de comprar o bilhete. Sentou-se na primeira carruagem. Depois, com o corpo sacudido por soluços, abraçou-se a si própria como se estivesse ainda com o filho ao colo.

Às lágrimas sucedeu um período de acalmia. As recordações de Drago arrastavam-se à sua frente: o nascer dos seus dentes, o seu riso, as suas primeiras palavras. Voltava depois a chorar, ao lembrar-se do estado febril em que deixara o filho. Ia dilacerada pelo remorso, como se carregasse um peso que excedia as suas forças. Talvez devesse ter fugido com o menino. Então, a raiva contra Paul dominou-a. Sabia que tinha de continuar a fingir, a representar, era necessário rebaixar-se dormindo com ele para poder voltar a ter o filho consigo. Não poderia pensar em mais nada: caso contrário, nessa mesma noite dispararia contra o marido. Os sentimentos de ódio propagavam-se dentro de si como uma infecção.

Chegou a casa depois das onze da noite. Fez girar timidamente a chave na fechadura. Entrou com todo o cuidado para não fazer barulho e pôs-se à escuta. Paul parecia não se encontrar em casa. Nadia hesitou por um momento e foi espreitar ao quarto. Não estava ninguém. Pelo menos, não tinha de arranjar desculpas. Entrou no quarto de Inga, despiu-se rapidamente e ficou ali imóvel, sem fazer o menor gesto, sem ousar sequer acender a luz. Enquanto o marido pensasse que estava com gripe, não entraria ali.

Foi um esforço tremendo retomar a sua vida cotidiana, sabendo que Drago estava doente. Vivia de acordo com um guião ficcional, tentando dar corpo a uma personagem que sorria e ouvia com atenção o marido. O essencial era nunca falar com as próprias palavras porque, se falasse, só sairiam palavras de ódio e então deitaria tudo a perder. Era difícil manter a compostura, mas precisava escutar Paul aos serões para, no mês seguinte, ir de novo à sede da Securitate. Tinha, porém, de controlar o tom de voz e os impulsos de raiva. Contaria mais mentiras, as suas invenções seriam como uma faca a rasgar a tela de um cenário, desvendando segredos. Paul iria fazer uma viagem à Hungria por esses dias e ela precisava saber tudo sobre as pessoas com quem se iria encontrar. Depois de vir do orfanato, pusera definitivamente de lado as dúvidas sobre o bem ou o mal.

Sempre que estava em casa sozinha, tentava telefonar para o orfanato; mas, depois de passar por uma telefonista, ouvia apenas o sopro de uma tempestade de ruídos, e da linha nem rasto. Após várias tentativas sem conseguir a ligação, sentia um zunido na cabeça. Um sentimento de impotência crescia. Precisava de notícias. Respirava fundo. Tinha de entregar aquela dor a um objeto, colocá-la fora de si. Voltava a respirar fundo. E o seu espírito ia ficando branco como uma fotografia exposta à luz durante demasiado tempo. Só assim conseguia avançar para a cozinha para fazer o jantar a Inga.

Muitas vezes, quando estava na cozinha, a filha entrava e desatava a fazer disparates: deixava cair pratos ao pôr a mesa, brincava com a água da torneira, molhando o chão, insistia em pôr mais sal na comida, fazendo birra se a mãe a impedisse. Nessas alturas, Nadia tinha de evitar ceder à impaciência. Por mais tranquila que tentasse parecer, medindo os gestos e as palavras com a filha, ela tornara-se uma criança agitada. Às vezes, parecia-lhe que Inga tinha memorizado as expressões faciais do pai, as mais imbuídas de raiva. Nadia pedia-lhe para se portar bem, mas percebia que a angústia da miúda se somava à sua. Além disso, observava o rosto confuso de Inga, a olhar desconfiada, quando via a mãe, subitamente tão amável, a procurar a companhia do pai. Teria medo de que lhe acontecesse o mesmo que ao irmão? Por isso, Nadia falava devagar, escolhendo as palavras com cuidado, para que a filha compreendesse que a iria proteger de todos os males.

No princípio de janeiro, quando Nadia voltou à sede da Securitate, Paul já tinha regressado da Hungria, mas voltara a viajar, desta vez para a Iugoslávia, e Inga havia partido de férias com os pioneiros para a zona da Transilvânia. O inspetor beijou-lhe duas vezes as mãos porque ela sugeriu contatos suspeitos na Hungria, indicando nomes concretos que Paul referira nas conversas. Sorriu-lhe, um sorriso novo de predador satisfeito. Nadia não gostou, mas estava à sua mercê para receber uma nova credencial e assim visitar o filho. À despedida, ele disse-lhe que, se as informações fossem confirmadas, talvez pudesse trazer Drago para casa dentro de dois meses.

No dia seguinte, Nadia partiu de novo para Târgu. A viagem demorou as mesmas quatro horas, mas o tempo parecia dilatar-se ainda mais. No orfanato, reconheceram-na e levaram-na de imediato à enfermaria. Drago melhorara bastante e já não tinha febre. A enfermeira de serviço era a mesma da visita anterior e explicou-lhe que não enviara Drago para um dormitório porque na enfermaria se comia melhor. Acrescentou ainda que as crianças andavam mais saudáveis desde que recebiam transfusões de sangue. Assegurou-lhe que Drago estava a ser bem tratado.

Nadia passou o dia com o filho, deu-lhe de comer, brincou com ele, mas Drago parecia apático, como se o seu coração tivesse ficado vazio com a doença e com aqueles meses de separação. Respondia-lhe só às vezes e pouco reagia às brincadeiras. Ela tentou explicar-lhe porque tinha ido ali parar, escolheu cuidadosamente as palavras como se a sua permanência ali fizesse parte de um jogo, adotou o tom que convém a quem conta uma história, mas a criança voltou a cabeça para a parede. Drago tinha-se transformado num menino triste, que mal falava.

A dor intensa que Nadia experimentava desde que lhe tinham tirado o filho voltou quando teve de se despedir. Mais uma vez hesitou perante a possibilidade de sair dali com ele nos braços. Certamente ninguém iria impedi-la, mas poderia deitar tudo a perder. Felizmente, Drago dormia. Antes de partir, não se esqueceu de dar mais dinheiro à enfermeira.

Mal entrou no comboio para regressar a Bucareste, explodiu num pranto incontrolável que, no entanto, nada tinha em comum com as lágrimas dos últimos meses. Pela primeira vez, desenhava-se a possibilidade de o marido ser preso e de ela recuperar o filho. Mas deixara de novo Drago sozinho na mão de estranhos e não conseguia afastar da cabeça a imagem do seu rosto triste de menino abandonado.

Paul estava ausente na Iugoslávia e permaneceria fora ainda por três semanas. Nesse intervalo, a vida foi-se tornado de novo coerente. O coração de Nadia deixara de estar vazio. Voltou a ter esperança e a conseguir concentrar-se na filha mal ela voltou de férias. Pela primeira vez em meses, levou Inga a passear pela cidade: foram patinar e ver uma exposição. O assombro do olhar da filha foi tão grande quando lhe fez o convite que Nadia se culpou por nunca mais ter saído com ela.

Infelizmente para Nadia, Paul regressou de viagem no final de janeiro, trazendo-lhe uma caixa de biscoitos e um ramo de rosas. Apareceu no princípio de uma noite de domingo e parecia bem-disposto. Nadia experimentou um tremor de repugnância quando ele a beijou. Pressentiu que o marido queria dormir com ela e o corpo doeu-lhe só de pensar que ele iria tocar-lhe. Por um momento, pensou que não conseguiria voltar a suportar aquilo, mas no mesmo instante lembrou-se de Drago, do seu rosto triste, e retribuiu o beijo.

Paul adormeceu rapidamente depois de fazerem amor. Nadia levantou-se e começou a vestir a sua roupa, dirigindo-se à sala. Antes de sair do quarto, espreitou o marido. Paul estava deitado debaixo das cobertas enrugadas com uma expressão serena. Na sala, abriu a porta de um pequeno armário, correu o fecho de uma mala atrás dos livros e tocou no cano frio de um revólver durante alguns segundos. Tornou a colocar a arma no sítio, sentindo a respiração voltar ao normal.

Estava uma tarde escura quando, no dia seguinte, Nadia saiu do trabalho. O céu negro comprimia os edifícios baixos daquela zona da cidade. A neve cessara de cair horas antes, mas o ar estava gélido. Dirigia-se para a paragem do autocarro quando um estafeta da Securitate a abordou. Avisou-a para se dirigir de imediato à sede da polícia. Antes de Nadia lhe poder responder, já o homem se tinha afastado. Ela correu para a paragem com o pressentimento insensato de que alguma coisa teria acontecido. Já estava dentro do autocarro quando se lembrou de que a cara daquele homem da Securitate não lhe era estranha. Por mais de uma vez o vira a rondar, à esquina da sua casa.

Na sede da Securitate não teve de esperar. O funcionário da entrada conduziu-a de imediato ao gabinete do inspetor. O encontro não durou mais de cinco minutos e dessa vez não houve beija-mão. O aposento só estava iluminado por um candeeiro de leitura em cima da secretária. Pacepa manteve a face oculta na sombra quando disse a Nadia que podia visitar o filho no dia seguinte, acrescentando ainda que já tinha obtido dela tudo o que pretendia. Ela notou, contudo, um tênue esgar no seu rosto. Não era um sorriso, nem uma expressão de ameaça, mas um ligeiro tremor de hesitação. Nadia não fez perguntas sobre Paul, mas pressentiu que a violência política exercida pelo marido sobre tanta gente iria voltar-se contra ele com base em critérios totalmente arbitrários. Quantas vezes, ao longo dos últimos dez anos, ouvira Paul dizer que ele e homens como ele representavam a vanguarda do povo romeno? Pertencia àquele mundo vigoroso onde era possível decidir, realizar ambições e projetar o futuro à medida que se construía o socialismo. Porém, não existiria futuro para Paul dentro de uma prisão se viesse a ser denunciado pelos próprios camaradas.

O inspetor não a esclareceu sobre o destino do marido, limitando-se a estender a credencial e a mandá-la sair. Enraizado na voz de Pacepa estava o rumor de alguma coisa que ficara por dizer. Aquele encontro fora muito estranho. Nadia não sabia o que pensar da atitude do inspetor. Mas, pelo que aprendera sobre o regime, raramente se podiam separar as coisas que eram ditas de vagas ameaças. Amanhã iria estar com o filho. Só isso lhe importava. À saída da sede da Securitate, viu um autocarro prestes a sair e correu para o apanhar.

Ao abrir a porta de casa, Nadia reparou nas rosas murchas. Esquecera-se de pôr água na jarra, essa jarra que dolorosamente deixara de ter flores desde os tempos remotos dos primeiros anos de casamento. As rosas estavam mortas e fizeram-lhe lembrar o marido, que muito provavelmente se iria juntar à multidão de prisioneiros políticos do país. Tirou o ramo e deitou-o no caixote do lixo. Para o regime, Paul estaria tão morto como aquelas rosas.

Fez os preparativos necessários para a viagem até Târgu: telefonou à mãe da melhor amiga da filha para, no dia seguinte, ficar de novo com Inga a seguir à escola. Depois de desligar, foi para o quarto e ficou sentada e imóvel durante bastante tempo. Felizmente, Paul não estava em casa. Os objetos do quarto oscilavam com a sua fadiga, cintilavam auréolas de luz à volta do candeeiro da mesinha-de-cabeceira, e a risca do papel de parede parecia deslocar-se. Nadia sentia o coração a bater, ouvia os estalidos e os ruídos de todo o prédio, mas os sons estavam desvanecidos e incertos como os seus pensamentos. Não deu conta do regresso de Paul a casa.

A viagem até Târgu, no dia seguinte, pareceu-lhe ao mesmo tempo familiar e estranha. Quando chegou ao orfanato, a diretora pediu a uma funcionária para a levar à enfermaria. A mulher falou-lhe da tempestade que na véspera se abatera sobre Târgu. Eram palavras inócuas destinadas a preencher o silêncio, mas que tiveram o efeito de a enervar pelo tom grave com que foram proferidas. Nadia confirmou que a neve tornava a vida ainda mais difícil.

A enfermeira acolheu-a com inesperada simpatia. Não era a mesma com quem tinha falado nas vezes anteriores. Levou-a para um pequeno gabinete ao lado da enfermaria e lentamente começou a explicar a evolução do estado de saúde de Drago: piorara, melhorara, a febre subira muito, tivera convulsões. Começou a crescer em Nadia uma sensação de ansiedade. Não desejava ouvir mais nada, queria que a levassem de imediato junto do filho. As palavras sucederam-se com muito mais pormenores num lapso de tempo muito breve, mas extraordinariamente dilatado para a sua aflição. Então, a mulher informou-a de que Drago morrera na véspera, as palavras deixaram de soar, abatendo-se sobre ela um vasto silêncio.

A enfermeira pareceu aceitar que Nadia não estivesse disposta a apreender o que ela lhe estava a dizer. Nadia demorou muito tempo até conseguir conciliar o uso abrupto da palavra "morte" com as maneiras doces e razoáveis da mulher. Por isso ela repetiu várias vezes o que Nadia não queria ouvir, esclarecendo que acontecera o que ninguém poderia prever. A voz da mulher continuava a chegar, mas como um empurrão de encontro àquela dor.

Nadia sentia-se em choque. Talvez para fazer alguma coisa, a enfermeira conduziu-a com outra funcionária à sepultura do filho no cemitério da aldeia. O montículo de terra fresca coberta de neve tinha o volume e até a forma de um pequeno corpo jacente. Nadia perdeu o controle. Desabotoou o sobretudo, desabotoou o casaco, ajoelhou-se e caiu de bruços sobre a sepultura. Chorava aos gritos. De repente, calou-se e esfregou-se na neve, tentando enterrar o corpo.

A enfermeira teve de a erguer à força de braços. Quando Nadia se levantou, parte do seu rosto era uma máscara branca. Metade da cara, o olho, a orelha e a gola do casaco estavam cobertos de neve. A enfermeira limpou-a e levou-a até a estação. Pediu-lhe dinheiro para comprar o bilhete e enfiou-a no comboio, sem que Nadia sentisse no corpo as mãos indiferentes que a arrastaram.

Na carruagem, sentou-se com os braços apertados à volta do peito, respirando apressadamente, tentando conter dentro de si aquela dor tão funda. Queria estar morta. As lágrimas corriam-lhe pela cara, incessantes. A meio da viagem, espreitou pela janela. Havia árvores e montanhas, o mundo continuava a existir, mas dentro de si tudo desaparecera. Os seus sentidos apenas registravam uma vaga ideia de vingança, era esse o único pensamento que tinha solidez. Então, lembrou-se da pistola e soube que, quando chegasse a Bucareste, iria matar Paul.

Era de noite quando o comboio se aproximou da capital. Na estação, Nadia saiu da sua carruagem com passos cegos. Embora a caminhada até casa demorasse uma eternidade, ela não se lembrava de ter feito o percurso. Apenas o ímpeto do ódio lhe empurrava os passos. Parou à entrada do prédio e viu uma vizinha a correr na sua direção. A polícia secreta tinha vindo prender Paul, disse-lhe. Fora levado para a prisão havia menos de uma hora.

VII

A vizinha do rés-do-chão não deixou Nadia passar a porta do prédio sem lhe contar o que havia sucedido com Paul. O olhar de Nadia cravou-se nela sem entender metade do que ouvia. A vizinha pensou que Nadia chorava por causa do marido, mas mesmo assim não desistiu de lhe dizer que os agentes da Securitate tinham arrancado Paul de casa, arrastando-o pelas escadas. Nos seus olhos cinzentos brilhava uma expressão viciosa que não tentou disfarçar e as palavras atropelavam-se enquanto descrevia as ameaças dele aos polícias. Até no momento da desgraça, Paul quisera demonstrar o seu poder. Era agora evidente que a vizinha odiava o marido, porém, durante aqueles anos, escondera hipocritamente esse ódio. Por fim, Nadia empurrou-a para poder subir para casa. A única coisa que retivera de tudo aquilo é que não poderia matar Paul naquele dia.

Mesmo assim, ao entrar no apartamento, conseguiu reunir as poucas energias que lhe restavam para procurar a arma. No dia em que Paul fosse libertado haveria de matá-lo. Para seu desespero, não encontrou a mala com o revólver no armário habitual. Então sentou-se no sofá da sala e apagou a luz. Pela janela entrava apenas a fraca claridade dos candeeiros da rua. E tudo cessou nos seus pensamentos. A brutalidade do que sucedera não se conjugava com quaisquer palavras. O seu sofrimento era tão atroz que só admitia o silêncio. O que Nadia não conseguia suportar era a ideia de que Drago pensasse que tinha sido abandonado. Queria, com todo o coração, acreditar que nos últimos instantes alguém tinha estado a cuidar do filho, mas não tinha a certeza. De vez em quando, voltava a chorar e torcia convulsivamente o corpo com um espasmo doloroso.

De manhã, à medida que as cores sobre as coisas se tornavam nítidas, continuou a olhar na direção da janela sem estar segura do que estava a ver. Só horas depois se lembrou de que precisava telefonar a Paula, pedindo-lhe para ficar com a filha durante uma semana. Contou-lhe que Drago tinha morrido, mas esqueceu-se de dizer que Paul fora preso. Não revelou pormenores. Paula perguntou-lhe se queria que fosse vê-la ou desejava falar com Inga. Nadia respondeu que não era capaz de falar com a filha naquele momento e desligou. Precisava estar sozinha para que Drago pudesse voltar. Procurava dentro da sua cabeça o túnel que a transportaria de novo para o tempo em que o filho estava consigo.

De seguida foi deitar-se na cama. Durante dias, Nadia mal se mexeu. A dor da perda vinha por vagas, enfraquecendo-lhe as pernas, cegando-a, impedindo o cotidiano de prosseguir. Muito raramente, levantava-se e ia à cozinha comer uma fatia de pão duro ou um resto de sopa. A luz de qualquer janela fazia-a enlouquecer, por isso permanecia no quarto deitada às escuras. Algures dentro dela, Drago ainda vivia, exalando um perfume de bebê. Só tinha de permanecer muito quieta. O presente era uma névoa.

Uma tarde tocaram à porta. O primeiro impulso de Nadia foi não abrir, mas depois impôs ao seu corpo o esforço de se levantar. Era Paula, com Inga pela mão. A criança deu um grito ao vê-la com os olhos tão inchados. Abraçou-se à mãe a chorar. Nadia fez o possível para a sossegar, mas o seu sofrimento não conseguiu adequar-se ao tom habitual da sua voz. Paula mostrou-se rápida a tomar conta da situação. Foi com Inga para o quarto e, baixando-se ao nível da criança, começou a falar com ela. Sentada no sofá, Nadia observava pela porta entreaberta a conversa das duas, sem conseguir perceber o que diziam. Quis levantar-se para ir ter com a filha, mas a ordem "levanta-te" não passou de uma intenção que só vagamente lhe aflorou o espírito.

Paula revelou-se à altura da crise. Quando saiu do quarto de Inga, abriu as janelas de par em par e limpou a casa, trabalhando depressa mas eficazmente. Também fez o jantar, exigindo que Nadia fosse tomar banho. Docilmente, ela obedeceu. Com cuidado, dirigiu-se à casa de banho, despiu-se e deixou a água correr sobre o seu corpo. Mas balançava de um pé para o outro, sem poder fazer outra coisa, imitando em tudo os loucos para quem a ordem da realidade sofrera uma abrupta interrupção. Um grito agudo latejava no fundo da garganta e ela precisava encontrar as palavras para poder falar com a filha. Tinha de lhe dizer qualquer coisa sobre a gravidade da doença de Drago, qualquer coisa que a preparasse para o fato de o irmão ter desaparecido para sempre da sua vida.

Mas Paula já havia conversado com Inga sobre a morte de Drago. Disse-lho quando Nadia saiu do banho. Ela não respondeu, olhou apenas em volta. Nada parecia ter mudado no apartamento: lá estavam, ao lado do sofá, pilhas do jornal oficial do partido, lá continuava o casaco de Paul pendurado no bengaleiro, lá estavam os pratos habituais postos em cima da mesa por Paula. E na sua mente ecoava uma única pergunta:

Como é que o filho podia ter morrido, quando tudo em volta parecia normal? Não conseguiu jantar, mas tentou não chorar enquanto Inga comia. A filha observava-a com o seu ar sério, sem nada dizer.

Nos primeiros tempos, Inga tratou dela como se fosse ela a mãe e Nadia a filha. De manhã, Nadia levantava-se decidida a tratar da miúda. "Tenho de reagir", dizia a si própria, conseguindo fazer o pequeno-almoço à criança; mas, mal ela saía para a escola, voltava para a cama. Quando chegava ao fim da tarde, a filha ia ao seu quarto e perguntava-lhe: "O que estás a fazer?" Era naturalmente uma falsa pergunta, porque o que ela queria era que Nadia se levantasse. Inga acabava por lhe trazer alguma coisa para comer oferecida por Paula. À noite, antes de adormecer, perguntava à mãe: "Dói-te a cabeça?" "Já passa", respondia Nadia numa voz sumida. Mas ela friccionava-lhe as têmporas com os dedos até cair no sono.

Numa dessas noites em que ambas estavam deitadas, Inga disse à mãe: "Eu sei que estás triste por causa do mano, mas ele está olhar para nós do céu." Atordoada, atingida em cheio no coração, as palavras da filha surpreenderam Nadia, mas era evidente que não compreendia bem o seu sentido. Antes, quando Drago desaparecera, as horas que Inga passava com a mãe eram muitas vezes tensas. Agora deslocava-se pela casa como uma pequena adulta. Apesar disso, acordava a meio da noite com pesadelos, pedindo à mãe para acender a luz. E a voz que fazia o pedido era a de um pequeno ser aflito. Nadia apercebia-se da inquietação da miúda, mas não tinha forças para a socorrer.

Quase de certeza que a filha passara a ser vista de maneira diferente na escola depois de o pai ter caído em desgraça e que a história da prisão já lhe chegara aos ouvidos. Nadia não tinha conseguido ter uma conversa com ela sobre esse assunto, mas uma tarde, depois de vir da escola, Inga foi ter com a mãe ao quarto. Perguntou-lhe as razões de o pai ter sido preso, ficando a olhar para a mãe muito atenta. A angústia de Nadia intensificou-se, porque, na realidade, não sabia o que responder. Então, com um esforço que a deixou terrivelmente exausta, respondeu à filha que não devia ligar ao que lhe dissessem na escola. Nadia tinha noção de que precisava voltar a si, de se recompor, de perceber o que se passava com Inga, mas só foi capaz de se virar para o outro lado da cama e chorar.

Inga sentia-se só, esperando em segredo por uma mãe que nunca mais voltava ao normal. Não tinha saudades do pai. Nunca gostara muito de estar na sua companhia, não que isso acontecesse muito. À hora da refeição, ela fazia-lhe perguntas sobre a doutrina socialista e sobre a família de alguns colegas da escola. Olhava a filha desconfiado se as respostas não eram imediatas e ralhava com ela se fazia barulho a comer. Havia sempre um tom de ameaça velada nessas conversas. Para além desses momentos diários e desconfortáveis, Inga não via muito o pai. Ele muitas vezes não jantava em casa, não brincava nem falava com ela; mas com a mãe sempre pudera contar. Agora, também a mãe se tornara um fantasma.

Nadia carregou consigo a alma doente, sempre de olhos fechados, até a filha lhe dizer que não havia nada para comer em casa. Nesse dia, ergueu-se da cama e encostou a testa ao vidro da janela, a rua sem ninguém, a neve caindo, o bulício do mundo prosseguindo ao longe, e decidiu que por causa de Inga teria de sair do quarto. Foi tomar banho. Enquanto se enxugava, olhou-se ao espelho, viu à distância o cabelo desgrenhado, os olhos inchados, o nariz vermelho e a pingar. Inesperadamente maquiou-se, era preciso que uma máscara substituísse o rosto. A cara por pintar era a expressão do sofrimento, a cor poderia esconder-lhe a alma. A partir desse dia, recomeçou a levantar-se, mas durante semanas continuou a ser uma mulher que usava o corpo como um autômato. Caminhava pelas ruas, mas lentamente, como se tivesse de ponderar o rumo a dar a cada passo.

Tinham-na despedido do colégio, depois de saberem que Paul havia sido preso. A diretora havia-lhe telefonado logo na primeira semana, alegando muitas faltas injustificadas. Mas, na realidade, toda a gente sabia que as mulheres de altos funcionários caídos em desgraça eram para ser mantidas à distância e despedidas dos seus cargos. E essas notícias eram enviadas para os locais de trabalho por agentes da Securitate. Era difícil perceber porque que é que as mulheres tinham de pagar pelos maridos e vice-versa, mas na Romênia a desgraça de um homem arrastava consigo toda a família. A justiça era assim mesmo: uma enorme máquina de triturar. E ninguém pensava em protestar porque se vivia fechado no medo e no silêncio.

Alguém se tinha esquecido de acautelar o papel de Nadia na queda de Paul, mas a ideia de pedir ao inspetor Pacepa para interceder por si causava-lhe horror. Na altura, foi-lhe indiferente perder o emprego. Agora, no entanto, precisava arranjar um novo trabalho se queria dar de comer à filha. E não tinha forças para reivindicar o antigo emprego e muito menos para lidar com crianças pequenas.

Mais uma vez foi Paula que a ajudou. Através dos seus contatos, arranjou alunos para Nadia dar aulas particulares de inglês e alemão.

Sobretudo a filhos de altos quadros e mesmo gente da Nomenclatura que tinha posses. Nadia gostava de dar lições. As línguas estrangeiras criavam outra realidade, como se fosse possível, por estar a falar alemão ou inglês, mudar de pátria e pertencer a um país que não pusesse em perigo a vida das suas crianças.

Os seus patrões davam-lhe muitas vezes comida, mas Nadia passou a ter de se levantar de madrugada e ir para as filas das lojas comprar pão, batatas e leite. Durante os anos em que fora casada com Paul, nunca se misturara com a gente comum, só agora, quando estava à espera da sua vez, sentia a tristeza de Bucareste. Na escuridão e no frio, as paredes das casas pareciam não ter arestas. As pessoas impacientavam-se como um relógio de pêndulo que consome as próprias horas. Ao menor incidente, brigavam por causa de uma batata ou desatavam aos insultos. Ela estava lá, mas nunca ouvia nada; tinha os sentidos embotados porque entre os ouvidos e o mundo continuavam a interpor-se os seus pensamentos sobre o filho.

Nadia atirou-se ao trabalho até a exaustão, mas nem sempre conseguia estar à altura do papel de mãe. Chegava a casa e ia para o quarto chorar. Inga percebia o seu sofrimento pela morte do irmão através daquela ruína de palavras que eram as suas conversas ao jantar. Olhava para mãe e via o seu rosto ausente, os olhos vagos, a expressão alheada, como se dentro da cabeça dela existissem vozes que mais ninguém conseguia escutar, infinitamente mais fortes do que tudo o que ela pudesse dizer. Tinha vontade de lhe puxar pelo casaco ou de fugir de casa. Se fugisse, talvez a mãe pensasse que nunca mais voltaria e fixasse nela a sua atenção. Às vezes, Nadia tentava controlar-se. O rosto triste de Inga dizia-lhe que não tinha a liberdade de ser completamente infeliz porque na sua dor a arrastava consigo. E, na verdade, só o amor por aquela criança a mantinha viva.

As notícias que lhe chegaram sobre Paul eram vagas: estava preso num campo de detenção sem acusação formada. Quando pensava no marido, não tinha remorsos das falsas denúncias que fizera à Securitate; antes era possuída por visões sucessivas em que o matava de diversas maneiras.

Uma tarde, ao abrir a porta do prédio quando voltava de uma lição, deparou-se com o inspetor Pacepa à sua frente. Com a sua voz agradável, perguntou se Nadia não o convidava a entrar, assegurando-lhe que era uma visita de cortesia. Ela não teve alternativa senão dar-lhe passagem. Conduziu-o à sala e sugeriu que se sentasse. Como se fosse uma visita social, o agente perguntou-lhe como se estava a sentir. Mostrou-se informado sobre a sua situação, mencionando a morte do filho e o seu despedimento da escola.

Nadia estava tão vulnerável e o inspetor mostrou-se tão amável e deferente que, por instantes, acreditou que a visita teria um propósito diferente de a pressionar. Esforçou-se por dominar uma imensa vontade de se desfazer em lágrimas à frente dele. Esse momento passou quando, com a mesma voz suave, ele afirmou que, graças à sua intervenção, não fora expulsa daquele apartamento. Era uma boa casa que estava reservada aos quadros do partido.

Nadia perguntou-lhe se queria um chá e dirigiu-se à cozinha, sentindo-se pouco à vontade com aquele estranho visitante. Preferia que ele nunca tivesse reparado em si. Deixou ferver a água e colocou num tabuleiro duas chávenas e um bule. Serviu o seu convidado ao mesmo tempo que ouvia a voz dele a ficar mais animada e afetuosa enquanto comentava algumas das peças de artesanato que Paul trouxera das suas viagens ao estrangeiro. Quando Nadia lhe estendeu a chávena, ele tocou-lhe na mão, um toque prolongado. "Espero que o açúcar esteja ao seu gosto", disse Nadia retirando a mão apressadamente. A sala estava escura e ela foi acender a luz. Só depois se sentou à frente do inspetor.

Não sorriu em nenhuma das ocasiões em que Pacepa disse coisas que se destinavam a seduzir: "Uma mulher tão bonita não pode ficar sozinha." Nadia afastou várias vezes o seu joelho do dele, arrepiou-se quando ele lhe acariciou o braço e lhe falou ao ouvido, num gesto de intimidade, segredando que se quisesse poderia tomar conta dela e da filha. O marido iria ser julgado por traição ao Estado e toda a família ficaria vulnerável. Nadia pôs-se de pé, tentando evitar movimentos bruscos. Não queria que ele lhe voltasse a tocar, só a ideia fazia-a experimentar um calafrio de repugnância.

O inspetor levantou-se e aproximou-se dela. Agarrou-a pela cintura. Nesse instante tocaram à campainha e Nadia saiu à pressa da sala. Inga regressava da escola. A filha não falava de outra coisa que não fosse uma zaragata no recreio. As palavras saíam-lhe em catadupa e só as interrompeu quando reparou naquele homem estranho na sala. O inspetor aproximou-se. Nadia não quis que ele se percebesse do medo que estava a sentir ao ouvi-lo a elogiar a filha. Mas, na presença da criança, Pacepa pareceu de súbito constrangido. Despediu-se abruptamente, prometendo voltar outro dia. Quando a filha perguntou quem era, Nadia respondeu-lhe que era um amigo do pai e viera saber notícias dele. Inga não perguntou nada sobre o pai e, no ponto em que as coisas estavam, Nadia também não sabia o que lhe havia de dizer.

VIII

Vasile surgiu na vida de Nadia num dia em que ela, depois de ter estado três horas parada numa fila, não conseguiu comprar nada. De manhã, enquanto esperava para conseguir alimentos, evitava observar o rosto das pessoas. Procurava o céu como horizonte para descansar os olhos, mas a chamada do empregado da loja puxava-os para baixo. Quando se tornava evidente que a comida acabara nas pessoas à sua frente, Nadia encostava-se a uma parede e voltava a olhar para aquele pedaço de céu entre os prédios.

Haviam passado três meses desde que Drago morrera. Nadia continuava despedaçada, mas já dormia duas ou três horas por noite. Muitas vezes sonhava que ia resgatar o corpo do filho ao fundo do mar e que ele ressuscitava numa praia. Então acordava feliz, mas essa felicidade durava apenas um instante. À medida que abria os olhos, sentia o peso da dor a puxá-la de novo para debaixo das cobertas. Ninguém sabia como a havia de consolar e as poucas pessoas que estavam a par da morte do filho diziam-lhe frases banais sobre a necessidade de a vida prosseguir. A dor sabia-lhe melhor do que qualquer consolo. Na verdade, não queria resgatar-se da escuridão porque o seu sofrimento era uma forma de dizer ao filho que nunca o abandonaria. Chorava ainda muitas vezes, não conseguindo despertar do seu estado de infelicidade, mas, mesmo com o sofrimento, tinha de se dedicar aos gestos diários. A morte de Drago continuava no centro, contudo as tarefas da sobrevivência chamavam-na. Era preciso que a filha não sentisse que precisava conquistar a sua atenção, não desejava de modo algum que Inga sofresse mais inquietações do que as necessárias e, no entanto, tinha-a negligenciado nos últimos meses. Todos os dias tentava reunir forças para se levantar da cama, mesmo duvidando da sua capacidade de se recompor.

Depois de as pessoas dispersarem, virou a esquina e embateu num homem relativamente jovem. Ele pediu-lhe desculpa e ela teve a sensação de se deparar com uma figura conhecida, alguém por quem já passara várias vezes. Talvez tivesse estado na fila mais atrás. Ele ia afastar-se quando de repente fez um movimento contrário, se aproximou e lhe sussurrou ao ouvido: "Vá ter comigo àquele cais perto da ponte

Dâmbovita, na zona de Cateli, às cinco horas." Apontou com um gesto vago para a direita e, segredando o seu nome, desapareceu antes de Nadia ter tempo de responder.

As pessoas faziam todo o gênero de coisas estranhas quando já não havia comida, mas nunca ninguém a tinha abordado diretamente. Quem seria? A pergunta surgia-lhe carregada de suspeitas. Seria alguém da polícia secreta? Um emissário do inspetor? Alguém do mercado negro? Todos sabiam que, no meio das filas, havia vigilantes. Nadia hesitou, não queria ir ao encontro daquele homem, mas depois mudou de ideias. Se não fosse, ficaria sem saber nada e reduzida a imaginar tudo. Além do mais, era provável que fosse um vendedor do mercado negro e precisava ter alguma coisa para dar de jantar à filha. O sítio do encontro era uma zona isolada num extremo da cidade, não muito longe de um dos apartamentos aonde ia dar lições nessa tarde.

O seu maior receio era de que esse homem fosse um estafeta da Securitate. Nunca mais fora convocada para ir à sede da polícia secreta, mas o inspetor aparecera por mais duas vezes em sua casa. Da primeira, ela não estava, tinha saído para trabalhar. Todas as vizinhas a evitavam desde que o marido fora preso, mas a do rés-do-chão, na sua idade avançada, não suportava inimizades. Calhou estar à entrada quando viu aquele sujeito estranho subir as escadas e tocar à campainha da porta de Nadia. Observara depois o homem a sair do prédio. Assim, quando viu Nadia chegar, foi ter com ela e contou-lhe que lhe tinham batido à porta. A sua descrição de um homem alto, apessoado, com um fato caro e um bom perfume, fez com que Nadia reconhecesse imediatamente a figura do inspetor. No seu estado abalado, esqueceu-se de agradecer à vizinha, subindo e fechando precipitadamente a porta. Encostada à parede, suspirou, a respiração tornou-se mais audível e durante largos minutos não conseguiu controlar o pânico.

Ao sofrimento, veio somar-se a ansiedade por causa da possibilidade de vir a ser presa. Não eram necessárias acusações formais para que isso pudesse acontecer na Romênia. Se a polícia a viesse buscar, que seria de Inga? Acabaria num orfanato, como Drago. Dia após dia, tinha medo de ver o inspetor aparecer e não ter força suficiente para o enfrentar. À medida que os dias se iam sucedendo, passou também a ter receio de que ele não viesse e a prendessem no meio da rua, não dando tempo a que ela avisasse Paula para ir buscar Inga. Vivia no terror de que acontecesse alguma coisa à filha, e o seu medo era interminável. Por vezes, no meio desses pensamentos de pânico, surgia diante de si a uma imagem fugaz de vingança contra Paul em que se imaginava a disparar.

O inspetor acabou por vir um dia ao fim da tarde. Nadia estava na cozinha a fazer o jantar e Inga foi abrir a porta, trazendo-o até a mãe. Nadia quase deu um pulo com o susto. Os passos dele, enquanto se aproximava, ficaram a matraquear-lhe na cabeça. Foi estranho recebê-lo numa cozinha que cheirava a couves cozidas. Nadia mandou a filha para o quarto e sugeriu que passassem à sala, mas o inspetor sentou-se à mesa como se ela lhe fosse oferecer de jantar.

O olhar dele irradiava desejo e a voz continuava suave, de uma suavidade tal que assustava. Afirmou-lhe quase com doçura que continuavam a tratar do processo de Paul, havia novas testemunhas dentro do partido com outras acusações que tinham muito mais peso do que as dela.

Nadia não soube o que responder. Virou-se de costas e mexeu a sopa, sentindo o olhar dele fixo nela. Então, sem que se desse conta, silenciosamente, Pacepa aproximou-se e pôs-lhe a mão sobre um seio. Por um instante, ela ficou aturdida, mas, de seguida, tentou aquietar a repulsa. Talvez pudesse negociar a salvação de Inga usando o próprio corpo. O que estava em causa não era o seu sofrimento, mas a possibilidade de a filha escapar a uma sorte igual à do irmão.

O inspetor desabotoou-lhe um botão da blusa. Nadia não resistiu, mas também não ajudou, limitou-se a expulsar o corpo para longe de si. Sentia os dedos dele a deslizar-lhe na pele ao mesmo tempo que se via a si própria numa estranha quietude. Então Inga gritou do quarto, dizendo que tinha fome, perguntando pelo jantar. O inspetor tirou subitamente a mão e recuou. O sorriso dele tornou-se forçado. "Temos de nos encontrar sem a sua filha estar em casa", afirmou, já menos paciente. Prometeu que iria aparecer de novo daí a uns dias. A voz voltara a ser suave. O nojo estava lá, Nadia só queria bater-lhe, cuspir-lhe na cara, mas em vez disso sorriu. O inspetor despediu-se, beijando-lhe a mão. Foi um alívio ter a mesa da cozinha entre eles.

A promessa de uma nova visita não chegara entretanto a ser cumprida.

Às cinco horas dessa tarde, apesar do vento gélido, Nadia caminhou para leste ao longo do rio Dâmbovita em direção à ponte. Por baixo, as águas negras corriam preguiçosas. O sol tinha aparecido e havia um brilho constante ao longo do rio, uma cintilação que se respirava. O seu estado de apreensão fazia-a caminhar desligada de si própria, como se estivesse a observar tudo à distância. Prosseguiu até se aproximar de um quarteirão de prédios baixos e antigos, especialmente degradados.

As paredes estavam escamadas, sem pintura, e ervas altas cresciam nos canteiros em frente das portas. E lá estava o homem ao pé da ponte. Nadia chegou no preciso momento em que ele atirava um pequeno pacote da ponte para o rio. A água cedeu, agitou-se e engoliu o embrulho de imediato. Imaginou que pudesse ser uma arma, hesitou um instante, procurando recuar, mas ele já a vira entretanto e encaminhava-se na sua direção.

Nadia permaneceu parada, vendo-o aproximar-se, sem ter certezas sobre o desfecho daquele encontro. Mas, acontecesse o que acontecesse, já não podia esquivar-se. "Eu sei quem tu és", disse-lhe ele, sobressaltando-a. "Durante uns meses foste intimada a ir à sede da Securitate, depois desapareceste." O que o homem dizia era tão confuso como a presença dela ali. Não sabia como o interpretar, mas tinha a certeza de que não era um vendedor do mercado negro. Observou-o melhor antes de responder; aquele homem tinha o rosto cansado de uma criança crescida.

Ele prosseguiu: "Chamo-me Vasile", disse, esquecendo-se de que, já de manhã, lhe dissera o nome. De seguida, convidou-a a passear ao longo do rio, colocando-lhe o braço em redor do ombro. Nadia pareceu sobressaltar-se com o toque da mão dele no seu corpo. Não estava ainda completamente convencida de que ele não fosse da Securitate. Mas não podia desatar a correr no meio da rua. Tentou que a voz não vacilasse quando lhe perguntou: "O que pretende de mim?" O tom amável com que ele lhe respondeu deixava transparecer o seu receio de que Nadia fizesse uma cena: "Já lhe digo, é melhor caminharmos juntos."

Confundiam-se com os casais de namorados com que se cruzavam. Escondiam-se na banalidade, que era a única maneira de parecerem transparentes aos olhos de quem passava. E assim, como se estivessem a ter uma conversa trivial, Vasile explicou-lhe quem era e o que pretendia dela, mostrando que conhecia muito da sua história, estando mesmo informado sobre a morte do filho. O tom e a expressão dele fizeram-na sentir que ele sabia ainda mais sobre a sua vida do que dava a entender.

Vasile era revisor dos comboios internacionais. O seu melhor amigo, Ioan, filho de um alto funcionário do partido que se tornara diplomata, estudara na Alemanha Ocidental e tinha ligações com a Anistia Internacional para denunciar os crimes de Ceausescu. Já não vivia na Romênia, mas em Bona. Vasile fazia parte de uma organização clandestina de resistência ao regime a que pertencia o amigo, sendo ainda cedo para ela saber mais do que isso. Transportavam documentos que denunciavam fora do país a situação dos presos políticos. Uma outra missão mais recente era resgatar crianças soropositivas — que a Nomenclatura negara existirem no país — e transportá-las até Berlim Leste. Aí encontravam-se com um elemento que as levava para o Ocidente com o objetivo de receberem tratamento. Para sua própria segurança, bastava-lhe saber que tinham um esquema clandestino. Fabricavam documentos falsos, havia muitos marcos a circular vindos da Alemanha Ocidental. Com esse dinheiro tinham assegurado a corrupção de diretores de orfanatos, de médicos de hospitais e de alguns agentes da Securitate. Desde a Perestroika que muitos inspetores temiam pelo seu futuro, pelo que fora possível assegurar a sua colaboração em troca de dinheiro. Eram esses agentes que indicavam as mulheres que não levantariam suspeitas para transportarem as crianças até Berlim Leste como se fossem suas mães. Para que o plano funcionasse, era preciso recrutar as pessoas certas. Nadia era uma potencial colaboradora. Era conhecida da polícia, mas, por ter feito a denúncia do marido, era considerada na sede da Securitate fiel ao regime. Estaria disposta a fazer algumas viagens com crianças até Berlim Leste?

O crepúsculo envolvia-os, transformando-os em sombras. Nadia caminhava no meio de um círculo de luzes fracas enquanto aquele homem desconhecido falava baixinho, mas a toda a velocidade. Vasile só lhe contou o mínimo necessário para ela perceber o tipo de organização a que pertencia. Durante aquele longo e desconexo discurso, Nadia não parava de se interrogar se ele seria de confiança. Vasile falava como alguém cujas palavras ficavam muito aquém do que era possível exprimir, como alguém que carregava um fardo difícil de dividir.

Nadia não entendia como Vasile chegara até ela, como sabia tanto sobre si; tudo aquilo podia ser uma armadilha, mas o seu primeiro impulso foi dizer que sim, que aceitava. O ódio pelo marido, a dor pela morte do filho, o medo de vir a ser presa, talvez pudessem ser aliviados se tivesse uma missão que fosse além da insignificância da sua vida. Ela estava viva, mas rigorosamente separada da realização de qualquer esperança. E sentia-se condenada a viver até o fim dos seus dias num horror ininterrupto. Se concordasse com a proposta, porventura algo mudaria no seu espírito.

Porém, a sua resposta foi não. Murmurou palavras de circunstância sobre o fato de ser impossível para ela correr perigos por causa da filha. Parou e olhou Vasile nos olhos mais de uma vez, como se procurasse um ponto no fundo das suas pupilas onde pudesse ler a verdade. Subitamente confiou nele quando toda a gente sabia que não se podia confiar em ninguém na Romênia. Revelou as visitas e o assédio do inspetor da

Securitate, um homem sinistro que se chamava Pacepa. Os seus movimentos estariam certamente a ser vigiados. "Não se preocupe, acabou de ser transferido", segredou-lhe Vasile. "Quanto a si, está escrito no seu cadastro que colaborou com a polícia sem qualquer tipo de pressão. Isso iliba-a de todas as suspeitas." A surpresa foi tão grande que Nadia tropeçou e teve de se agarrar ao braço dele.

Vasile continuou por alguns minutos a argumentar sobre a necessidade de salvar a pátria do jugo de Ceausescu. A voz era baixa, mas os argumentos poderosos. Ele não parecia estar a recrutá-la, falava com sinceridade, pousando levemente a mão nas suas costas para continuarem a parecer namorados.

Nadia precisava acreditar em alguma coisa. Nem que fosse na ideia de que aquele encontro era único e especial e que continha em si um estranho processo de salvação. A sua vontade era ceder às expectativas de Vasile. Era como se, por levar crianças doentes para fora do país, resgatasse também o espectro do filho, como se lhe tivesse sido dada uma tênue oportunidade de eliminar o embrião da morte. Recusou, no entanto, mais duas vezes. Apesar disso, sentia que tinha um dever para com Drago do qual não poderia fugir. Mas, para colocar a palavra "sim" na sua boca, necessitava de afastar a imagem de Inga internada num orfanato.

Continuaram a caminhar ao longo do rio. Nadia apanhou-o várias vezes a olhar para ela de soslaio. Um olhar erótico, um olhar de assombro. Ignorou o sinal, apagou-o mesmo do pensamento. Entretanto, tinha anoitecido. Ela quis saber mais pormenores. Como conheciam tanta coisa dela? Por que é que a tinham escolhido? Quem eram os membros dessa rede? Antes de formular a próxima pergunta, a resposta de Vasile já estava a surgir, mas soou-lhe como um rumor: não podia dizer-lhe mais nada; aliás, ele próprio não sabia tudo; cada elemento da rede só conhecia o necessário para a sua missão. Assim, caso alguém viesse a ser preso, não comprometeria senão um mínimo de pessoas.

A despeito de Vasile sussurrar, a voz dele soou nítida e firme, declarando que em breve entraria de novo em contato com ela para saber se mudara de ideias. Nadia ia perguntar-lhe se sabia onde ela morava, mas ele desapareceu numa esquina como se de súbito tivesse sido engolido pelas águas. Olhou em volta sem identificar aquele local da cidade. Na hora seguinte, percorreu um labirinto de ruas escuras, sentindo-se pouco à vontade como se houvesse vigilantes atrás de si. Procurava caminhar por zonas menos iluminadas com medo de ser seguida, o que lhe transmitia um sentimento de ocultação. Quando finalmente chegou em frente do seu prédio, deteve-se, sentindo-se subitamente exausta. Cerrou os olhos por um instante. Por detrás dos olhos fechados teve uma visão de Drago a correr na sua direção. Mas o rosto era indefinido, balançando na escuridão. E nesse momento soube que iria aceitar a proposta de Vasile. Quando ele viesse de novo ter com ela, iria dizer "sim". Abriu os olhos e viu Inga a acenar da janela. Acenou de volta e precipitou-se para casa cheia de angústia. Sabia que a filha se sentia só e esperava em segredo por uma mãe que tardava em voltar ao normal. Nunca poderia aceitar a proposta de Vasile enquanto não encontrasse uma solução para Inga.

Nadia retomou as suas rotinas, mas o tempo não andava em linha reta, o curso do tempo não era um movimento contínuo, muitas vezes andava para trás até a altura em que Drago ainda estava com ela. Continuava a viver na dor e tinha dificuldades em concentrar-se. Algures o filho continuava vivo dentro de si, exalando a doce respiração de um menino.

Finalmente, no mês de junho, a mãe veio de Timisoara visitá-la. Não viera antes porque o padrasto estivera muito doente. No dia em que chegou, puxou Nadia para os seus braços e deixou-se estar com ela no colo. As mãos da mãe eram pequenas, não obstante a sua figura roliça, mas foram aqueles dedos a afagarem-lhe o cabelo que lhe trouxeram a primeira tranquilidade em meses.

A mãe ficou quinze dias, esperando que Inga acabasse as aulas para a levar consigo de férias. Nadia viajou com elas porque também as suas lições tinham terminado. Naquela viagem de comboio de várias horas, Nadia exagerou no tom de alegria que lhe permitia controlar os acessos de desespero. Tentava retomar gestos habituais com a filha, chamando-lhe a atenção para o trigo maduro que bordejava a linha ou para as aves que voavam à distância, desfocadas pelo calor.

Quando chegaram a Timisoara, um vento quente e seco soprava de sul em volta do velho edifício de tijolos vermelhos da estação, levantando poeira. Nadia deixou-se abraçar pelo padrasto, que estava à espera delas, e subitamente irrompeu em lágrimas. A mãe cruzou um olhar de compaixão com o marido. Era evidente que Nadia não estava em condições de continuar a viver sozinha em Bucareste. Bastava olhar para ela: emagrecera imenso, a sua pele colava-se-lhe aos ossos, os olhos afundavam-se em olheiras roxas e as mãos tremiam o tempo todo.

A mãe cozinhou nessa noite, fez um bom jantar para consolidar uma atmosfera favorável que convencesse Nadia a mudar-se para Timisoara. Inga adormeceu à mesa e o padrasto levou-a para o quarto. Quando ficaram a sós, a mãe sugeriu a Nadia que não regressasse a Bucareste. À tentação de irromper de novo em lágrimas e de aceitar a proposta que a mãe lhe fizera para ficar a viver em sua casa, opunha-se o seu terror de se perder da memória do filho e dos locais onde ele deveria ter crescido. Nadia sabia que este pensamento não tinha sentido. Drago nunca se ausentava do seu espírito onde quer que estivesse; mas sentia que tinha de voltar para Bucareste como se tivesse uma missão a cumprir. Porém, precisava pensar na filha, no seu bem-estar, além de ela própria estar a viver uma situação de instabilidade extrema em que só a mãe a poderia ajudar. Abriu a boca para responder uma coisa, mas as palavras transformaram-se noutras: "Não, não posso decidir isso agora."

Foi a felicidade de Inga durante aqueles dias que lhe deu a ideia. Numa reviravolta imprevista e dificilmente explicável, a miúda perdera o ar sério dos últimos meses e corria pelo apartamento, brincava com o marido da avó e comia com apetite. A conclusão era evidente: Inga precisava de ser afastada do ambiente da sua casa e de si própria para crescer feliz. E, se ficasse com a avó, estaria protegia, podendo Nadia aceitar a proposta de Vasile e levar crianças para Berlim Leste. A intenção de a deixar em Timisoara fazia-a sentir-se culpada, mas, se Inga ficasse em casa da avó, ninguém a levaria, caso ela viesse a ser presa.

Uma tarde falou com a filha sobre a possibilidade de ficar a viver em casa da avó por uns meses. Ela permaneceu calada tanto tempo que Nadia supôs que se sentira ressentida. Mas depois ela perguntou apenas: "E quem vai tomar conta de ti?" Nadia sentiu-se desconcertada, ficou em silêncio por um momento e de seguida respondeu: "Ninguém tem de tomar conta de mim e tu não tens de te sentir mal por gostares de ficar com a avó. Sentires-te melhor aqui não significa que tenhas esquecido a tua mãe." Inga olhou para Nadia, como se continuasse a ouvir o eco das frases pronunciadas, como se tentasse compreender. Nessa altura, a avó chamou por ela e Inga afastou-se a correr, mas, antes de entrar na cozinha, voltou atrás e deu um beijo à mãe. Nadia intuiu que a filha ficara satisfeita com a conversa. Sabia que, dia após dia, a havia envolvido, sem querer, em sentimentos de desamparo, mas em casa da avó teria oportunidade de regressar à infância.

Mais difícil foi falar com a mãe. Ela ficou feliz por cuidar da neta, mas não via razão para Nadia partir para Bucareste, uma vez que nem sequer tinha emprego. A mãe sempre tinha tido um talento muito particular para levar a filha a confessar-se sem ter consciência do que estava a dizer e tentou com todos os argumentos convencê-la. Ao descobrir a resistência muda de Nadia, percebeu que haveria outras razões que a filha não desejava partilhar. Vivia-se num mundo em que qualquer frase a mais podia ser comprometedora. Sabia disso e não insistiu.

Na manhã em que partiu para Bucareste, Nadia não acordou Inga para se despedir. A luz desse dia era peculiar, um elemento líquido, difuso, sendo impossível de definir que horas seriam. Nadia fixava a filha adormecida como se quisesse reter na memória os beijos que ela lhe dera na véspera. O ar murmurava de saudades, mas a mãe veio chamá-la: se queria apanhar o comboio, teria de se despachar.

Quando voltou, em finais de julho, estava muito calor em Bucareste. A cidade tinha sido invadida por um sopro abrasador que pesava sobre os prédios e as ruas. A espera era a parte mais difícil, a espera por um homem que ela não sabia como encontrar. Mas agradava-lhe a ideia de aguardar pelo contato de Vasile.

Foi preciso apenas uma semana. Uma tarde recebeu um bilhete de Vasile. A alma tremeu-lhe dentro do corpo quando encontrou um pequeno pedaço de papel na caixa do correio, indicando uma hora e um local de encontro. Levou o papel para casa e lá dentro desfê-lo entre os dedos, como se esse gesto fizesse desaparecer a inércia e lhe transmitisse uma possibilidade de futuro.

Às dez horas da noite do sábado marcado, Nadia dirigiu-se para um bairro na periferia. Apesar da hora, o calor tomara conta da cidade. Não se sentia um sopro de vento e sobre as ruas pairava uma espécie de vapor quente. Durante o percurso de elétrico sentiu-se infinitamente vulnerável, mas, mal viu Vasile à sua espera numa esquina, a sensação desapareceu. Ele conduziu-a a uma velha estação de caminho-de-ferro. Para lá dessas vedações havia um edifício desativado. As janelas entaipadas davam-lhe um ar cego e decrépito. À medida que avançavam piorava o aspecto de abandono. Vasile abriu a porta com uma chave e acendeu uma candeia. O ar cheirava a mofo, como se já tivesse sido respirado. A luz pálida fazia crescer um ambiente de sombras que transmitiam ao recinto a estranheza de um sonho. Vasile assumiu que a presença dela ali significava que mudara de ideias em relação a colaborar com a organização. Mostrou-lhe uma morada aonde ela deveria ir entregar dois passaportes falsos. Nadia escutou as instruções com atenção. Não tinha de entrar em contato com ninguém, só deveria deixá-los na caixa do correio. À luz da lamparina, o rosto de Vasile era leve e impreciso, transmitindo-lhe, no entanto, segurança.

Os encontros sucederam-se em locais improváveis, como armazéns abandonados, antigas fábricas, mercados de segunda-mão e até num *cabaret* clandestino, e não duraram mais de dez minutos. O que Nadia fazia acabava por ser insignificante — era no essencial entregar passaportes falsos — mas sentia-se a resistir numa Bucareste amordaçada, com vigilância da polícia secreta por todo o lado. E isso já era um feito, porque a liberdade de espírito era o mais difícil de atingir naquele país.

Nadia não sabia o nome das pessoas a quem ia fazer a entrega, nem para que serviam os passaportes falsos. Costumava realizar esse trabalho ao fim da tarde, quando havia muita gente na rua. Naquele verão quente, a água era racionada e as pessoas procuravam a frescura dos parques. O calor era tão intenso que, em certos dias, se asfixiava à torreira do sol. Nadia apanhava elétricos, subia e descia as ruas de bicicleta, encarnando uma personagem determinada, em tudo diferente da mulher que encarnara durante o seu casamento. Talvez por isso não se sentia a correr grandes riscos. O medo continuava a existir, às vezes o seu olhar fixava um transeunte num sobressalto, mas depois esse sentimento recuava e ocultava-se atrás dos gestos usuais de alguém que passeia.

Nesses dias, para além das entregas, preocupava-se em telefonar à filha. Não se atrevia a telefonar de casa, por isso ia fazê-lo dos correios. Nem sempre conseguia. As filas e as anomalias eram mais do que muitas e às vezes aparecia-lhe uma voz do outro lado da linha que lhe explicava que não estava autorizada a fazer aquela operação. Mas, quando falava com Inga e com a mãe, eram conversas felizes em que a voz da filha soava excitada e cheia de novidades. Ao voltar para casa, o quarto de Inga parecia-lhe tão vazio que as saudades aumentavam.

A alegria da filha dava-lhe liberdade para se afundar na tristeza durante a noite. Ficava deitada na cama a fitar o teto sem querer mexer-se. Imagens do filho, tão claras e nítidas como se alguém lhe tivesse entregado uma fotografia, abriam-se sobre ela. Quando dormia sonhava constantemente com Drago, mas como uma ausência, não como uma presença. Ele estava sempre em qualquer lado e ela tinha de o ir buscar, mas por este ou aquele motivo nunca conseguia. Acordava com a sensação de ter perdido o filho por pouco, sempre por pouco, e a natureza repetitiva desses sonhos fazia crescer o aperto no seu coração.

Começou a encontrar-se com Vasile numa casa clandestina de uma aldeia dos arredores. Era uma casa pequena, rodeada de choupos, no final de uma rua sem saída. As árvores barravam o caminho para lá se chegar e a visão de quem passava por perto. A viagem de autocarro demorava quase uma hora. Da primeira vez que desceu na aldeia reinava nas ruas a exuberância da luz de agosto. Quando chegou, Vasile estava sentado no banco da paragem, sozinho, à espera dela. Levantou-se e perguntou as horas a outro passageiro que tinha acabado de chegar. Esse era o sinal para que Nadia o seguisse. Depois de ele ter virado a esquina, foi atrás dele até perceber qual era a casa e entrou dez minutos depois.

Nessa casa Vasile começou a prepará-la para uma viagem de comboio até Berlim Oriental com uma criança de ano e meio. Vasile treinou com ela as respostas a dar aos elementos da polícia secreta e aos agentes da alfândega da Romênia, da Hungria e da Tchecoslováquia, os modos que deveria ter, a postura segura com que devia falar para não levantar suspeitas. À criança ser-lhe-iam dados sedativos, de forma a não estranhar a viagem.

Nadia fez a viagem de regresso a Bucareste sozinha. As estradas já estavam muito escuras. Algumas janelas de casas distantes reluziam, mas sem conseguir projetar o seu brilho na noite. Durante a viagem, reviu o rosto concentrado de Vasile a transmitir-lhe instruções, o seu tom decidido, a forma como se inclinava sobre ela. Evocou também a despedida, lembrando-se de como ele ficara a fixá-la da janela ao afastar-se. Por um instante, Nadia imaginou que se poderia apaixonar por Vasile. Não sabia dizer como semelhante ideia lhe surgira, estranhou mesmo que pudesse haver ainda na sua vida um devaneio que se desenvolvesse assim, por si próprio. Afinal o seu filho tinha morrido havia pouco mais de seis meses e a dor do seu luto ainda a dominava ao ponto de muitas vezes não conseguir sentir mais nada.

Voltaram à aldeia três dias depois para reverem as questões com a criança. Chegaram de novo separados. Discutiram o comportamento da menina perante uma estranha. Vasile repetiu muitas das coisas que havia dito antes. Pediu-lhe que no próximo encontro, no domingo seguinte, Nadia trouxesse uma pequena mala de roupa. Talvez fizesse a primeira viagem de seguida, talvez não, dependeria das instruções que ele próprio recebesse.

Não havia mais nada a acrescentar sobre a viagem. Então, Vasile lembrou-se de uma garrafa de licor de ameixa que vira na cozinha, decerto deixada por um antigo inquilino. Foi buscá-la, trazendo também dois cálices. Disse a Nadia para se sentar à mesa e abriu a garrafa, encheu os copos ao mesmo tempo que foi dizendo coisas simpáticas sobre a coragem de Nadia. Depois de dois cálices, levantaram-se para sair. O silêncio pairou entre eles como um grande peso. Um peso ou uma paz em que tudo deveria ficar quieto.

Vasile olhava-a fixamente como se, há muito tempo, Nadia tivesse sido a sua metade perdida. Desejava-a. Tomou-a nos braços. Desde que a vira a primeira vez que ela ocupava a sua memória erótica. O luto dela inibira-o de o demonstrar. Ela tentou afastar-se, disse não duas vezes, baixinho, mas depois deixou que ele a conduzisse ao pequeno quarto da casa. Os corpos apertavam-se, atingindo uma escuridão na qual não se ouvia mais nada a não ser os beijos. E foi tudo tão físico que se tornou puro espírito. Ele pediu-lhe que ela fechasse os olhos e que o apertasse com força. Nadia ouvia a sua respiração ofegante, sentindo-se à distância, resistindo e não resistindo ao prazer que se aproximava. Mas não havia nenhuma possibilidade de evasão, o desejo irradiava longamente em todo o corpo até que ela não pôde mais e chorou.

Ficou uns instantes deitada de olhos abertos. Depois levantou-se de repente. A frescura do fim de tarde acariciou-lhe o corpo dolorido. Parecia-lhe fazer parte de novo do mundo concreto e estranhamente havia-se distanciado do filho. E disso não se podia perdoar. Sem dizer nada, vestiu-se e saiu para a sala.

Vasile foi ter com ela, mas percebeu que tudo o que dissesse só os iria afastar. Não queria precipitar-se e entrar numa conversa sobre o que acontecera entre os dois. Afinal, Nadia perdera o filho havia seis meses e ele não conseguia imaginar essa dor. Caiu um silêncio que se tornou cada vez mais longo. Por fim, Vasile despediu-se com um adeus terno. Tinham combinado que daquela vez seria ele o primeiro a ir embora.

A Nadia agradou-lhe que ele tivesse de partir. Depois de a porta da rua bater, chorou livremente, corriam-lhe lágrimas grossas, sem que contraísse um só músculo da face. Culpava-se, não podia impedir-se de se culpar: nem por uma vez naquela longa tarde tivera um pensamento que fosse sobre Drago. Teria de transportar consigo aquele filho morto até o momento em que morresse também e só nesse instante renasceria livre daquele sofrimento no espírito dos que a recordassem.

IX

No domingo seguinte Vasile voltou à casa da aldeia trazendo Trudi, uma criança de ano e meio, adormecida ao colo. Era essa a menina soropositiva que ela deveria transportar até Berlim Oriental. Trudi era uma criança bonita, mas muito pequena e magra para idade. Nadia já estava à espera dele na pequena casa. Quando viu a criança, agarrou nela e fechou os olhos, sendo inundada por um emaranhado de sentimentos. Por um momento, acreditou ter Drago nos braços. Abriu os olhos, sentindo-se assustada com esse sentimento. Foi pôr a menina no quarto para que continuasse a dormir. As lágrimas caíam-lhe como se tivesse necessidade de justificar alguma coisa ao filho.

Entre Nadia e Vasile erguera-se uma barreira de embaraçada formalidade. O comportamento de ambos tornara-se constrangido. Contudo, Vasile ansiava por tê-la novamente nos braços. Depois do sábado anterior, só pensava nela, nos seus olhos, o centro da beleza do seu rosto, o ponto onde se concentrava a parte mais secreta da sua alma. E tão-pouco acreditava que lhe fosse indiferente. Em todo o caso, havia assuntos mais urgentes a tratar, por isso nem um nem outro mencionou o que havia acontecido uma semana antes.

Vasile estendeu-lhe os passaportes e vistos falsos e reviu detalhadamente o plano: o comboio partiria às 22 horas de terça-feira da Gara de Nord, e chegaria a Berlim Oriental por volta das 21 horas do dia seguinte. Até o momento da partida, Nadia deveria ficar naquela casa com a criança. Regressaria dois dias depois ao fim da tarde. Viajaria com um passaporte romeno para lá e outro no regresso, material da melhor qualidade feito em Londres. Os bilhetes já tinham sido comprados. Iria transportar documentos confidenciais dentro de um invólucro de plástico nas fraldas de Trudi, que depois entregaria ao seu contato. Ele também viajaria nesse comboio como revisor, mas não podia assegurar que seria destacado para a carruagem de Nadia. Chegada a Berlim, ela deveria esperar por um táxi em Ostbanhof que a levaria ao hotel Unter den Linden. Seria por volta das 22 horas, uma hora depois da chegada do comboio, para acautelar eventuais atrasos, e o táxi traria uma mulher de cabelos brancos e um lenço ao pescoço com um padrão axadrezado.

Neste ponto, passou-lhe para as mãos uma echarpe com esse padrão e deu-lhe outra que deveria enrolar no pescoço para ser reconhecida. Era suposto que entrasse nesse carro com Trudi. O táxi deixá-la-ia no hotel e ela deveria sair sem levar a criança. Caso falhasse alguma coisa no plano e o táxi não chegasse a aparecer, teria de ser ela a levar a Trudi a Berlim Ocidental de comboio. Tinha um visto averbado ao passaporte que lhe permitia a entrada na Alemanha Ocidental e um número de telefone e uma morada que deveria decorar. Ao mesmo tempo que lhe transmitia estas últimas instruções, passou-lhe para a mão dois maços de notas de marco.

Ultimavam os preparativos da viagem; no entanto, cada gesto insignificante de Vasile sugeria um outro que não se chegava a esboçar. E as palavras também nada diziam do impulso que os movia. Suspensas estavam todas as carícias enquanto ele lhe assegurava que aquele era o hotel em Berlim onde se encontravam os espiões e diplomatas ocidentais e, por ser tão vigiado, ninguém se preocuparia com uma suposta turista romena. O seu joelho encostava-se ao dela. Seria que ela tinha consciência disso? A luz da janela refletia-se sobre o seu rosto, o cabelo ficava tão brilhante que parecia prestes a incendiar-se. Nadia seguia o seu discurso com atenção, levantando-se uma ou outra vez para ir ver a criança. Quando ela ia ao quarto, Vasile sonhava que a acompanhava. Aquele amor poderia ou não evoluir, mas Nadia era a primeira coisa de que se lembrava ao acordar, a última que lhe passava pela mente ao adormecer e durante o dia ela aparecia constantemente nos seus pensamentos. Era um sentimento incontrolável.

A meio da tarde, Trudi acordou. A primeira coisa em que Nadia reparou foi que ela mal falava e chorava imenso. Era como se estivesse sempre a pedir que a acalmassem. De fato, de uma maneira indireta, com o alarido do choro, Trudi estava a tentar contar como fora abandonada. Nadia pegou-lhe ao colo, passeando-a de um lado para o outro na sala. Vasile despediu-se sem saber muito bem o que dizer para além de lhe desejar boa viagem. Com um esforço que a deixou imensamente cansada, Nadia brincou com Trudi, cantou para ela, deu-lhe de comer, mas a criança não parou de chorar. Quando se calava, virava a cabeça e fixava o vazio da parede. Aquela menina não falava nem reagia a nada como se a sua solidão fosse demasiado grande para se exprimir por palavras. Finalmente, Nadia fez Trudi deitar-se e estendeu-se ao seu lado. Mas a criança só cedeu quando a enlaçou nos seus braços. Nadia acabou por adormecer e pela primeira vez em meses caiu num sono profundo.

Na manhã seguinte, viu Trudi a seu lado ao acordar. A emoção apoderou-se repentinamente dela. Havia qualquer coisa que a perturbava por estar a dar a outra criança o que não pudera dar ao filho. A verdade é que ainda se perdia quando tentava com todas as suas forças não se afundar. Então Trudi acordou e, em vez de chorar, sorriu para ela.

No dia da partida, Nadia e Trudi já se sentiam confortáveis uma com a outra, mas, conforme combinado, deu um sonífero à criança. Ao apanhar o autocarro para Bucareste e depois o elétrico para a Gara de Nord, com a criança ao colo, Nadia decidiu nunca olhar para trás. Sem dúvida que sentia receio, mas considerava a hipótese de vir a ser presa como um vago esmorecimento com o qual se contempla a própria morte, não iminente, mas possível. Desde que seguisse em frente e não hesitasse, estava convencida de que conseguiria ludibriar as autoridades. Nada que não tivesse feito antes, quando procurara Drago pelos orfanatos.

Ao chegar à sala de espera da estação, percebeu que ia ser revistada. A plataforma dos comboios internacionais estava apinhada de polícias. Sentiu nesse instante uma sensação de alarme, o sabor do pânico. Acontecia o mesmo a todas as pessoas que iam fazer uma viagem internacional. Olhou em volta. Era como se a sua transgressão fosse mais visível, assim no meio dos outros passageiros. O seu principal receio eram as cartas e a lista de prisioneiros para a Anistia Internacional. Aqueles papéis nas fraldas de Trudi dariam vários anos de cadeia. Foi para a fila, à sua frente estava um homem com fato desalinhado e de bigode revirado nas pontas, depois uma mulher adulta com uma criança pela mão e de um velhote com ar nervoso. A revista foi breve, duas mãos eficazes de uma mulher polícia passaram-lhe pelo corpo e o interrogatório sobre os motivos da viagem foi igualmente curto. Ninguém duvidou de que fosse fazer umas breves férias a Berlim com a filha. Após ser revistada, deixou-se estar mais uns instantes, fixando as pinturas socialistas da estação: as debulhadoras, as camponesas sorrindo infantilmente, os operários envoltos no fumo de uma fábrica, todos de braços erguidos com sorrisos vitoriosos.

Nadia foi das primeiras a subir para o comboio que seguia meio vazio. Não contava sentir-se tão cansada quando se sentou, mas apesar de ser tão tarde era impossível dormir. A exaustão impedia-a, no entanto, de pensar nos perigos da viagem e em todas as coisas que poderiam correr mal. Na exiguidade do seu compartimento havia apenas lugar para as pequenas coisas: sentar-se, deitar a criança num banco vazio, levantar-se, remexer na mala, tirar alguma coisa e voltar a pôr. Ao seu lado só viajava mais um passageiro, um homem com olhar furtivo que segurava uma mala em cima dos joelhos. Não havia nada digno de nota no seu rosto, exceto o nariz, muito afilado. Os olhares de Nadia e do homem flutuavam como borboletas, cruzavam-se e afastavam-se no mesmo instante. Quando o comboio penetrava no denso clarão de uma gare, e o reflexo espectral dele surgia no vidro da sua janela, Nadia sentia aqueles olhos como uma ameaça. Felizmente, ele saiu depois de algumas paragens e entraram outros passageiros.

A meio da noite apareceu o revisor. Nadia assustou-se quando verificou que não era Vasile. O homem pediu-lhe o bilhete e o passaporte. Ela tentou perceber pelos seus olhos se o revisor teria iniciado, ao verificar os documentos, um processo de suspeitas. Ele não demorou, porém, mais tempo com ela do que com as outras pessoas. Devolveu-lhe os documentos com um sorriso cortês.

O comboio viajou durante a noite, continuando a parar em gares desertas das cidades mais importantes. Permanecia longos minutos nas estações, gemendo e suspirando na penumbra. Retomava depois o percurso estremecendo um pouco. Trudi dormia no seu colo. Uma lâmpada aclarava a carruagem, mas os rostos dos passageiros permaneciam em zonas da sombra, dormindo.

Ao amanhecer Trudi acordou. Nadia deu-lhe de comer e desfez outro sonífero para ela tomar. Mais para se mostrar confortável no papel de mãe do que para a manter sossegada, cantou-lhe baixinho duas canções infantis. A sua voz parecia apenas vibrar interiormente porque mal se ouvia com a trepidação do comboio. Rapidamente a criança voltou a adormecer. Nesse instante viu a cabeça de Vasile a espreitar para o compartimento. Nadia levantou os olhos, mas ele já tinha prosseguido para outra carruagem.

Na fronteira com a Hungria vieram outros dois guardas verificar os passaportes. Por instantes, retiveram-lhe os documentos e afastaram-se para o corredor. Nadia observava os agentes a conversarem enquanto a angústia lhe apertava a garganta. Imaginava-se a ser presa e a arrancarem-lhe a criança dos braços. Os outros passageiros desviaram os olhos, como se não quisessem testemunhar o seu sobressalto. Mas os guardas voltaram, entregaram-lhe os papéis e, com um sorriso, disseram: "Boa viagem."

Deu o almoço a Trudi, com a criança meio adormecida. Teve medo de lhe dar outro sonífero, mas ela continuou muito sossegada, abrindo apenas os olhos de vez em quando. A meio da tarde passou a fronteira para a Tchecoslováquia sem incidentes. Da janela a paisagem parecia um cenário de filme, ao ponto de os outros passageiros poderem ser meras personagens. Não encontrou nessas visões qualquer beleza por estar tão preocupada com os riscos da viagem. Tentou tranquilizar-se; afinal, apenas faltava passar a fronteira para a Alemanha.

Chegou a Berlim de noite, com meia hora de atraso, sem ter voltado a cruzar-se com Vasile. Demorou alguns minutos na gare. Então viu-o a aproximar-se e ouviu a sua voz num sussurro. "Vai tudo correr bem, mantém o plano." Quando percebeu o que ele dissera, já Vasile se tinha afastado. Foi só então que se deu conta de como estava apreensiva por largar Trudi com uma estranha, de como isso era o que lhe custava mais naquela viagem.

Nadia nunca havia estado no estrangeiro e a escuridão para além de Ostbahnhof pareceu-lhe de súbito mais densa e assustadora do que se estivesse noutro lugar. À sua frente havia uma avenida larga, mas não se viam táxis em lado nenhum. Esperou muito tempo antes que alguém parasse, muito para além da hora combinada. Estava cansada de estar com Trudi nos braços. Então um carro estacionou à sua frente. Espreitou para dentro e viu uma mulher idosa com um lenço de padrão axadrezado. Ela olhou para a sua echarpe e fez-lhe sinal para entrar. A mulher cumprimentou-a em alemão e deu indicações ao motorista para ir até o hotel Unter den Linden. A distância era muito curta. O carro saiu da longa sombra da praça em frente à estação. Nadia suspirou fundo, esperando afastar a tensão da viagem. Começou por fazer algumas recomendações sobre Trudi, mas, antes de prosseguir, o táxi soltou uma espécie de gemido e travou à frente do seu hotel. Não se despediu da menina, que aliás ainda dormia, limitou-se a sair do carro. Era como se deixar a criança no banco de trás de um carro significasse abandonar o próprio fantasma de Drago. Correu com a sua mala para a entrada do hotel, sentido o coração dolorido.

O hotel era grande e imponente. A porta pesada resistiu a Nadia e teve de aplicar contra ela toda a sua força para a conseguir abrir. O átrio reluzia nos seus revestimentos em mármore. A decoração era suntuosa, com tapetes vermelhos e candelabros no teto. O que mais a espantou foi o número de ocidentais que circulavam nas enormes salas que ladeavam o *hall*. Falava-se sobretudo inglês, mas também se ouvia russo. As pessoas estavam vestidas de forma tão elegante que ela se sentiu uma figura estranha com aquele vestido florido e a mala antiquada. Um homem sentado numa poltrona observou-a com atenção. Ela passou por ele, olhando fixamente para diante, e, tentando aparentar naturalidade, encaminhou-se para a recepção. Um jovem funcionário perguntou-lhe pela reserva e ela disse o seu nome, estendendo o passaporte. Ele verificou o documento e deu-lhe as chaves do quarto, que ficava no primeiro andar.

Havia uma grande diferença entre o seu quarto no Unter den Linden e todos os outros quartos que conhecera antes. Mal entrou, sentiu os olhos a ficarem grandes na cara, abertos de espanto. Parecia que saíra da realidade e entrara num filme. Não poderia estar mais longe de Bucareste. Aquele quarto era o mais luxuoso de todos onde estivera.

Ali, no anonimato de um hotel, sentiu-se em segurança, pela primeira vez em muitos anos. Não havia olhos atrás de si. Pensou mesmo que era possível morrer. A ideia atravessou-a — um pensamento impulsivo, vertiginoso, que ecoava dentro da sua cabeça como uma voz; uma tênue ideia, quase abstrata, porque era em locais distantes de casa que as pessoas faziam essas coisas. Podia dirigir-se à casa de banho e afogar-se na banheira. Havia uma terrível beleza libertadora nesse pensamento. Seria tão simples dizer para si própria "Não quero mais" e olhar pela última vez para aquelas paredes turquesa e para o teto branco. Num país estrangeiro deixava-se para trás as tristezas da própria vida e entrava-se numa zona desconhecida onde morrer não soava assim tão estranho.

Nadia dirigiu-se para a janela e afastou as cortinas. À sua frente derramava-se o clarão das luzes da grande avenida. De súbito, recuou até o fundo do quarto como se a ideia de se lançar da janela para a rua, três andares abaixo, se apresentasse diante de si como a mais tentadora. Passou a mão pela cabeça. Nunca o faria. Se se suicidasse, estaria a abandonar a filha. Como poderia Inga refazer-se de semelhante golpe? Enquanto descalçava os sapatos, se despia e se dirigia para a cama, sentiu-se de súbito satisfeita por ter salvo Trudi. Era alguma coisa, mesmo não reparando a morte de Drago.

Quando acordou, as cortinas estavam corridas. Nadia pensou que fosse ainda de madrugada. Tinha sonhado de novo toda a noite com o filho. O seu berço vazio, o seu corpo pequeno a gatinhar refletido na sombra de uma parede, uma vizinha a gritar com ele e Drago a fugir para um descampado. Via-se a correr desesperadamente atrás dele, corria sem fôlego, ofegante, para o sítio onde Drago supostamente deveria estar, mas nunca o encontrava.

Vestiu-se, tomou banho e saiu do hotel sem tomar o pequeno-almoço. Precisava se afastar do quarto depois daqueles sonhos tão agitados. Já na rua, o seu corpo deixou de lhe pertencer e começou a tomar as suas próprias decisões. As pernas, ao moverem-se, pareciam separadas dela, encaminhavam-se por iniciativa própria para a Bahnhof Friedrichstrasse; a estação fazia fronteira com Berlim Ocidental e era muito próxima do hotel.

Não sabia realmente o que estava a fazer. Encontrava-se tão perto da fronteira e tinha o visto que Vasile lhe entregara para o caso de alguma coisa correr mal. Queria ir ao Ocidente. Ver com os seus próprios olhos o reino da perdição capitalista. Porque a propaganda que ouvira desde a escola primária também tivera o seu efeito. Na estação, dirigiu-se para a fila de pessoas com visto. Dir-se-ia tomada de uma espécie de furor. Esteve à espera no posto de controle da gare quase uma hora. Dizia a si própria que não fazia sentido expor-se daquela maneira, era uma temeridade, mas depois de lá estar pior seria ter saído.

Cada uma das pessoas da fila era minuciosamente interrogada e os vistos analisados com cuidado. A maior parte só queria visitar parentes do outro lado da fronteira, mas esse argumento era o que mais levantava suspeitas aos guardas da alfândega. Por isso as histórias de cada visitante eram investigadas e as perguntas repetidas para ver se havia deslizes. Ordens, gritos, insultos, ouviam-se de vez em quando. Quando chegou a sua vez, talvez por ser romena, ninguém lhe perguntou nada. Os guardas limitaram-se a olhar para o passaporte e para o visto e a dar-lhe passagem para o comboio que a levaria a Berlim Ocidental. Nadia caminhou depressa sem olhar para os lados, passando rapidamente por uma entrada que conduzia à gare.

A viagem de comboio durava quinze minutos. A luz da manhã penetrava nos prédios, escorrendo sobre os telhados. Ninguém conversava na carruagem de Nadia. Havia um silêncio opressivo e uma sensação de distância entre as pessoas. O comboio arrancou ao fim de dez minutos. Nesse instante, Nadia reparou numa passageira idosa acabada de entrar que trazia ao colo uma criança. O seu coração entrou em alvoroço quando reconheceu Trudi.

O seu medo de que viesse um guarda atrás da mulher para a prender fez passar para segundo plano a satisfação de ver que a criança estava bem. Ficou encolhida no seu lugar enquanto a mulher avançava penosamente até o fundo da carruagem. Não havia ninguém atrás dela, pelo menos à vista. Deixou-se estar sentada rigidamente quando o seu desejo era levantar-se e ir conversar com ela sobre o destino de Trudi; pegar na criança uma última vez, despedir-se dela como não o fizera com o próprio filho. Como se fosse possível repetir o passado e torná-lo diferente. Sabia que Drago não voltaria, mas isso não a impedira de sentir o toque ligeiro dos seus dedos, das pontas das suas asas, contra o ombro, sempre que pegara em Trudi.

Nadia foi das últimas a sair na estação do Zoo. Trudi e a sua benfeitora já não se avistavam na gare. Entrou no primeiro café que encontrou e sentou-se numa mesa bem ao fundo da sala, como se quisesse esconder-se do olhar de alguém que a tivesse perseguido. Tinha o lábio superior perlado de suor e o coração aos pulos. Mas ninguém veio atrás dela. Pediu um chá e saboreou-o devagar. De repente levantou-se bruscamente, pagou e avançou em direção à porta como se fugisse de novo. Tentou acalmar-se. Ao fundo da rua havia uma florista. Em Bucareste já não se vendiam flores. Entrou. Lá dentro estava uma mulher alta, de ombros largos, cercada de ramos de rosas e jacintos e de orquídeas. Nadia parou maravilhada no meio da loja deliciosamente fresca, como um templo, solene na sua abundância. Recuou, no entanto, quando a vendedora se dirigiu a ela, saindo para a rua.

Andou a passear sem destino. Mesmo não se afastando muito da estação, sentia no tráfego, no movimento das lojas, essa espécie de respiração ofegante de uma cidade do Ocidente. Aquele lado de Berlim devolvia-lhe a curiosidade. Em toda a parte havia pessoas bem vestidas, como se a miséria humana não habitasse nos prédios cuidados. As montras exibiam roupas soltas, esvoaçantes, acessórios femininos, malas de pele, produtos que brilhavam em coroas de luz. Naquela zona de Berlim, uma pessoa podia perder-se facilmente na disposição errática das ruas, as lojas eram imensas e surpreendentes, uma tabacaria cheia de cachimbos e revistas pornográficas, uma padaria apinhada de gente ao lado de uma sala de ópera, uma enorme livraria com todos os livros que se podiam imaginar. Nadia parava em frente das montras espantada com a abundância e a diversidade. Porém, tudo aquilo podia ser apenas uma ilusão do tamanho de um gigantesco cartaz publicitário, como diziam no seu país.

Não podia deixar, no entanto, de fazer comparações. Em Bucareste, viam-se os rostos demasiados perdidos, as filas nas lojas, os sacos meio vazios, os naturais acessos de desespero das pessoas que não tinham o que comer. Ali as montras tinham luzes e produtos em excesso e as pessoas pareciam sorrir continuamente. Na Romênia havia muitos dentes podres para pouca comida, e na Alemanha Ocidental existia um excesso de dentes brancos que brilhavam em bocas saciadas. No dia seguinte regressaria ao seu país, mas pela primeira vez tinha tido um vislumbre de uma sociedade não vigiada.

X

Vasile pertencia àquela organização de resistência havia quase seis anos, muito antes de conhecer Nadia. Provavelmente nunca teria aderido se não tivesse sido abandonado pela mulher, mas não fora apenas por isso; a ligação que desde sempre mantivera com o seu amigo de infância, Ioan, também tinha tido a sua importância. Podia dizer-se que ele exercia sobre Vasile o mesmo obscuro fascínio de um herói.

Vasile e Ioan haviam entrado juntos no jardim de infância e continuaram amigos na escola primária e no liceu; e, mesmo quando a magia da infância se extinguiu, quando a juventude foi desaparecendo, a relação não esmoreceu. Ioan nascera com a segurança natural dos privilegiados do regime, em virtude de o pai ser diplomata e membro do comitê central. Toda a gente sabia de quem ele era filho e todos reservavam para Ioan um sorriso benévolo. Talvez Vasile o invejasse um pouco pela facilidade que tinha de se aproximar das pessoas, pela sua serenidade e capacidade para ser amado, enquanto ele era apenas tolerado. Tinha ainda ciúmes das excelentes notas de Ioan, ele que chumbara no exame de admissão ao politécnico. Mas arrependia-se sempre desses sentimentos mesquinhos nos momentos em que estava com o amigo.

Com o tempo afastaram-se, porque as minúcias do cotidiano que compõem a vida dos adultos dissolvem muitas vezes os laços mais antigos. Vasile empregou-se nos caminhos-de-ferro romenos, conseguindo um posto de revisor nos comboios internacionais. Ioan foi estudar para uma universidade na Alemanha Federal, onde o pai fora colocado num posto diplomático. Durante anos perderam o contato. Mesmo assim, apesar de a vida os ter separado, talvez tivessem prosseguido a amizade sem o saberem porque, se não fossem amigos, não se teriam abraçado com a cumplicidade da infância quando, no dia 30 de outubro de 1983, se encontraram numa rua de Bucareste. Entraram num pequeno café para conversar um pouco. Lá fora nevava, os primeiros flocos daquele ano forravam o chão como uma poeira gelada.

O estabelecimento era escuro. Os clientes ficavam sentados em pequenas mesas entre móveis de mogno com velhas garrafas de licor, procurando que um café durasse toda a tarde. Vasile e Ioan começaram por falar de assuntos insignificantes, o regresso à Romênia de Ioan, os percursos profissionais de ambos, o casamento de Vasile, coisas normais para pessoas que, como eles, tinham permanecido tantos anos afastadas. As conclusões pareciam evidentes: o casamento de Vasile ia razoavelmente bem, a vida de Ioan parecia ótima. Então este calou-se, o seu silêncio prolongou-se e, como alguém que não está de consciência tranquila, desviou o olhar. De seguida, contudo, virou-se para Vasile, olhando-o fixamente; um olhar intenso que acompanhava as suas palavras. Nunca levantando a voz, Ioan confidenciou que o pai caíra em desgraça e se matara havia um ano. Disse-o sem rodeios e depois explicou os pormenores. O pai fora apanhado num golpe palaciano durante uma substituição de ministros. Por causa de alianças erradas, perdera importância no comitê central e dizia-se nos bastidores que iria ser acusado de traição. Haviam-no mandado para Timisoara, onde estava retido, a aguardar ordens do partido. Ele, que sempre fora capaz de introduzir razoabilidade em situações desesperadas, sabia que para a sua situação não havia saída. Mais tarde ou mais cedo seria preso. Nesse dia fora à caça, talvez imitando, como tantos altos funcionários, as preferências do Presidente Ceausescu por esse desporto. Segundo haviam contado a Ioan, o ar nesse dia era puro. Os pinheiros não se moviam ao vento ligeiro. Um veado aproximou-se. O animal permaneceu atento. Não se mexia: diante do perigo, até para os animais existe um certo fascínio. O pai de Ioan sentiu-se próximo do veado e, em vez de o matar, aproveitando a solidão da floresta, enfiou uma bala na boca. Nesse momento, as folhas das árvores começaram a abanar, só existia verde à sua volta e o céu inteiro passou a ser folhagem.

Não havia comoção na voz de Ioan, só a precaução de a manter baixa. Depois do suicídio do pai, Ioan, que quando acabara os estudos na Alemanha passara a dar aulas numa universidade de Bucareste, foi despedido. Começou também a receber ameaças de morte. Só podiam vir da Securitate. Um colega comum dos tempos do liceu, Andrei, que entretanto ingressara na polícia secreta, avisou-o de que estava a ser controlado: o agente destacado para o vigiar era nem mais nem menos do que ele. Ioan não podia saber se a informação era falsa ou verdadeira, mas um dia a sua casa fora revistada na sua ausência. Aquela visita da polícia tinha sido encenada como um assalto: os livros e papéis estavam todos remexidos, as molduras tinham sido arrancadas dos quadros, mas ninguém roubara nada.

Vasile desejou que a conversa não prosseguisse, como se tivesse entrado por engano num sonho de que não queria fazer parte. Até aquele momento, incluíra-se naquele conjunto de pessoas que obedeciam sem questionar. Não precisava da polícia porque ele próprio se vigiava. Quando pensava na Securitate, sentia o abismo em cada gesto: numa ida às compras, na leitura dos jornais, na visão dos polícias a caminharem pela estação de caminho-de-ferro de Bucareste. O medo era um sentimento disseminado na alma de todos os romenos, e ele não era mais corajoso do que tantos outros. Havia muito que sabia que era preciso evitar as pessoas que falavam com imprudência, e esse era o principal motivo para recusar certos encontros. E agora ali estava ele a ser envolvido na mais insensata das conversas.

Ele próprio sabia demais. A sua mulher, Alina, trabalhava no Instituto Nacional de Investigação e, em grande segredo, confidenciara-lhe que os artigos científicos na área da química da primeira-dama não eram escritos por ela, mas por cientistas reputados. Elena Ceausescu só lá punha o nome para ganhar fama internacional. O chefe de laboratório de Alina escrevera recentemente um artigo que fora assinado por ela sem que a primeira-dama fosse autora de uma só linha. Também então, Vasile dissera a Alina que não queria saber nada disso. O alheamento era para ele um sentimento protetor que servia para manter sob controle tudo aquilo de que não se podia falar. Talvez fosse covardia, mas ajudava-o a viver melhor o cotidiano. Quando via alguém a ser preso na plataforma dos comboios internacionais, acusado de tentar fugir para o estrangeiro, prosseguia o seu caminho indolentemente, sem reagir, mesmo que lastimasse o prisioneiro.

Ioan hesitou em prosseguir a conversa com Vasile. Mesmo na sombra, o amigo aparentava um ar apreensivo. Pediu uma cerveja à empregada. Nunca uma cerveja demorou tanto tempo a encher um copo. Bebeu-a de um trago. Um pedaço de espuma ficou num canto da boca como uma pena branca. O que ia fazer era um mergulho no escuro que incluía iguais doses de receio e esperança. Afinal, não via Vasile havia imensos anos e ia confiar-lhe a sua vida. Pousou os cotovelos na mesa e inclinou-se para a frente, antes de continuar.

Contou-lhe que viera a saber que Andrei era um agente duplo e trabalhava para o Ocidente como espião. Sem dúvida que tivera sorte no polícia que fora destacado para o seguir. Depois de terem revistado a casa, Andrei marcara um segundo encontro com ele no parque Herstru, um dos mais movimentados da cidade. Quando se viram, sentaram-se num banco de jardim, lado a lado, em silêncio, vendo o sol desaparecer atrás dos prédios. Mantiveram-se calados por largos minutos. Numa voz arrastada, Andrei mencionou então os crimes de Ceausescu: as prisões arbitrárias, as chantagens sexuais da polícia secreta para transformar cidadãos comuns em delatores, as crianças mortas de fome nos orfanatos. O que Ioan ouviu vinha de um mundo que ele conhecia, mas também de uma espécie de existência que de certo modo tentara evitar. No entanto, no mesmo instante em que Andrei o convidara a fazer parte de uma rede da resistência, aceitara. Teria duas funções: seria o receptor de provas da brutalidade do regime e orientaria o percurso de pessoas que transportariam documentos até a Anistia Internacional em Berlim Leste, donde um operacional levaria as provas para o Ocidente. Desde a morte do pai e o seu despedimento da universidade, Ioan não conseguia vislumbrar um futuro. Ao ouvir a proposta de Andrei, via abrir-se um mundo de possibilidades em que os seus atos podiam fazer a diferença.

Ioan voltou a calar-se, podia ter já falado demais, e observou Vasile: lábios apertados e testa enrugada. Quanto aos olhos, abandonara-os no copo de cerveja que tinha terminado havia muito. A voz de Ioan parecia esvaziada de sentimentos e, no entanto, ele usou-a ainda para sublinhar que tinha de poder confiar num companheiro de infância. Insistiu em que, se não fossem verdadeiros os sentimentos de amizade, Vasile já teria saído dali, quem sabe até para o denunciar. Depois confessou que decidira fazer-lhe uma proposta assim que soubera que era revisor nos comboios internacionais. O seu trabalho seria de grande utilidade.

Nesse ponto da conversa, Ioan convidou Vasile a sair do café e a dirigir-se com ele a um parque próximo. Havia pessoas nas ruas, mas não muitas. As ruas estavam suficientemente escuras para parecerem todas iguais e, no entanto, não suficientemente escuras para eles caminharem como vultos. A aliança silenciosa de Ioan e Vasile existia desde a infância e parecia não ter terminado.

No parque procuraram um local afastado dos lampiões públicos. Continuava a nevar. A temperatura tinha descido mais ainda, o cabelo de ambos estava molhado, a roupa encharcada. Mas aquele sítio transmitia-lhes um sentimento irracional de segurança, uma sensação de invisibilidade em relação a eventuais vigilantes. A proposta de Ioan era simples. Ele estava na mira da Securitate e partiria em breve com um passaporte falso para Alemanha Ocidental. A sua vida estava por um fio, porque sabia demais: tinha conhecimento das cadeias onde estavam presos políticos sem acusação formada, sabia de transferências bancárias para o estrangeiro de altos dirigentes e muito, muito mais. Naquela altura não podia acrescentar nem mais uma palavra e o que dissera já fora demasiado. A rede precisava de um substituto e ele pensara em Vasile. O encontro entre ambos não fora tão fortuito como aparentara ser.

Primeiro, Vasile irritou-se. Com que direito é que Ioan se propunha envolvê-lo? Mas, de repente, o pedido do amigo soou-lhe importante. Quando era jovem também ele acreditara naquele regime, mas depois soubera que tinham prendido e mandado matar muito boa gente. Preferia alhear-se. Ninguém queria estar ao corrente de nada, nem ele próprio.

Ficaram os dois calados no meio da escuridão do parque durante alguns minutos. Se Vasile mantinha o silêncio, era porque pelo menos se interrogava. Não podia fingir que continuava tudo na mesma depois daquela conversa, mas sentia-se sufocado com o peso das revelações de Ioan. E ainda mais com tudo o que não fora dito e que imaginava a partir do que a própria mulher lhe contara.

Ioan interrompeu as divagações de Vasile, sugerindo que lhe desse uma resposta definitiva mais tarde. Inesperadamente, ou talvez não, abraçaram-se à despedida e encaminharam-se em direções opostas, mergulhando na escuridão.

Embora estivesse enregelado, Vasile percorreu a pé os vários quarteirões até casa, procurando livrar-se das vibrações do medo. Felizmente, Alina ainda não tinha chegado, não tendo de justificar à mulher o fato de se encontrar encharcado. Nessa noite, dormiu mal. Sonhou que a polícia o perseguia num parque. Acordou às cinco da manhã e não conseguiu voltar a adormecer. O sonho pareceu-lhe profético e a memória do perigo recusava dissipar-se.

Nesse dia estava de serviço num comboio que partia para a Polônia. Beijou rapidamente a mulher que ainda dormia. Três dias mais tarde chegou a casa a meio da manhã e foi dormir. Andava tão ocupado a tentar bloquear da mente a resposta a dar a Ioan que mal notava a passagem do tempo. Talvez por isso só à noite reparou na ausência de Alina. O impulso do momento fez com que telefonasse para o laboratório, mas ninguém atendeu; àquela hora o Instituto já estaria fechado. Não sabia dizer a razão exata por que de repente se sentiu perdido. Deu uma volta pela casa à espera de ver a mulher a entrar, explicando o atraso com um estúpido incidente. Mas, no momento em que abriu a porta do quarto, reparou num envelope com o seu nome em cima da cômoda. Abriu-o no mesmo instante e começou a ler: "Esta é uma carta difícil de escrever e lamento estar a escrevê-la. Procuro palavras que te possam magoar menos, mas realmente não há outra maneira de o dizer: o nosso casamento acabou porque me apaixonei por outro homem..."

A carta prosseguia. Em cerca de duas páginas, Alina acusava-o de passividade e conformismo, tanto na vida de casado como em geral. O casamento entrara numa rotina, os horários desencontrados não ajudavam à intimidade e ela acabara por se afastar. Tudo somado, já pouco tinham a dizer um ao outro. Alina afirmava que não queria responsabilizar Vasile pelo fim da relação, não era nada que ele tivesse feito, mas na verdade culpava-o por ser tão covarde. Quantas vezes sugerira que tentassem fugir para o estrangeiro? Terminava dizendo que lhe desejava o melhor, mas que iria prosseguir outro caminho.

Primeiro, Vasile não acreditou. Leu e releu a carta de pé. As mãos viravam e tornavam a virar as folhas, parecendo separadas de si, como se flutuassem por sua iniciativa. Parecia-lhe inverossímil que, de um momento para o outro, Alina o abandonasse, como se tivesse decidido que uma planta, depois de ter sido regada durante anos, deveria agora morrer de sede. Visões de outros homens por quem a mulher o poderia ter trocado enchiam-lhe os pensamentos. Por mais que examinasse as fases recentes do casamento, não conseguia vislumbrar verdadeiros sinais de crise. Nessa noite, voltou a não dormir. Tinham sido tão poucas e irrelevantes as discussões que haviam tido nos últimos cinco anos de casamento; submetendo-as a um exame exaustivo, Vasile não conseguia encontrar motivo para a atitude de Alina.

Na manhã seguinte, muito cedo, estava à porta do Instituto Nacional de Investigação. Esperava encontrar a mulher antes de entrar para o trabalho. Desejava que isso acontecesse para a confrontar, para brigar. A todos os colegas que via entrar perguntava por ela, mas ninguém sabia de Alina, havia dois dias que ninguém lhe punha a vista em cima. O ar parecia querer explodir na garganta de Vasile, pronto a irromper em palavras de raiva por ninguém lhe dar uma resposta precisa. Então, Sonia, a melhor amiga de Alina, apiedou-se dele e convidou-o a sentar-se consigo no pequeno jardim do instituto. Disse-lhe a verdade. A sua mulher tinha-se apaixonado pelo chefe do laboratório. Haviam partido para um congresso numa universidade de França e não sabia quando regressariam. Depois Sonia baixou a voz e os olhos e, sussurrando, afirmou que o amante de Alina tinha realizado contatos com a universidade para permanecer em França. Vasile tomava atenção, mas não conseguia entender que Alina nunca mais voltaria para ele. Enquanto Sonia falava, a voz dela, cada murmúrio, cada hesitação, nada fazia sentido, porque ele simplesmente se sentia incapaz de compreender.

Regressou lentamente à sua casa silenciosa. Teve a sensação de que, na sua ausência, o apartamento sofrera não sabia ao certo que sutil alteração, como se alguém tivesse estado ali, desarrumando tudo e tornando a arrumar. Sentou-se no sofá a olhar para o vazio sem saber o que fazer. Ao contemplar a perspectiva aterradora do abandono, impossível de ser contemplada, teve de novo uma sensação de incredulidade. Não suportava que Alina o tivesse deixado sem ter com ele uma derradeira conversa. Ela não o podia privar de um confronto que para ele era indispensável, devia-lhe pelo menos uma explicação de viva voz.

A sua urgência, durante o tempo em que permaneceu fechado em casa, era compreender. Como é que ela conseguira deitar fora cinco anos de sentimentos, de emoções, de amor? Ela tinha-o varrido da sua vida como um insecto repugnante que lhe pousara na mão. Conversava com a mulher como se a tivesse à sua frente. Pedia-lhe, suplicava-lhe que o ajudasse a perceber. Só compreendendo poderia sobreviver sem ela. Esteve sentado naquele sofá durante horas, sentindo a vaga de vento que na rua se desfazia contra as árvores, a neve a cair, a tristeza muda dos dias. Durante horas falou com ela em voz alta, insultando-a, gritando, mas também suplicando: "Por favor, não me abandones." Um monólogo preenchido por palavras mortas. O silêncio de Alina era um nevoeiro no qual nunca ressoava uma resposta.

Se a mulher não o tivesse acusado de covardia, talvez na segunda-feira seguinte não tivesse ido ao encontro de Ioan. De manhã descobrira um bilhete do amigo debaixo da porta, propondo-lhe um encontro ao fim da tarde num parque nos arredores de Bucareste. Noutro dia qualquer, teria deitado fora o papel, tendo o cuidado de o rasgar em ínfimos pedaços. Porém, naquele dia não hesitou e, sentindo necessidade de emendar o mundo, ignorou os seus receios habituais. À hora combinada dirigiu-se ao parque. Não fazia ideia de qual seria o seu papel na organização, mas naquela fase da sua vida estava disposto a correr todos os riscos. Essa atitude constituía uma viragem, uma transformação para mostrar a Alina como estava enganada sobre ele. No meio do seu desespero, imaginou um mundo mais livre e próspero para além do mundo obscuro em que vivia. O momento foi fugaz, mas essa revelação já não lhe podia ser retirada. Por isso foi ao encontro de Ioan.

Chovia. O encontro foi breve. Quando Vasile confirmou a sua adesão, Ioan olhou-o alegremente e deu-lhe um abraço vigoroso. Aludiu a uma rede de pessoas que se espalhava pela Alemanha Ocidental, amigos, exilados, simpatizantes, sem especificar o que faziam pela causa. Vasile acenou com a cabeça enquanto Ioan marcava novo encontro.

Depois de aceitar substituir Ioan, Vasile deambulou demoradamente pelas ruas na certeza de que fizera um disparate. Um rancor entranhado, uma ânsia de desforra contra a mulher e a necessidade de se pôr à prova, mais do que a consciência política, tinham estado por detrás da sua decisão. Desde sempre se havia demarcado das palavras de crítica ao regime. Tinha uma vida vulgar, talvez um pouco diferente da da maior parte das pessoas, por poder viajar para o estrangeiro. Mas sempre se recusara a envolver-se na política. Agora, sem mais nem porquê, aceitava integrar uma rede de resistência, cedendo à raiva contra a mulher e ao sentimentalismo de uma amizade de infância. Devia estar doido.

Nessa noite, sozinho em casa, embebedou-se com uma velha garrafa de conhaque, em busca de algumas horas de esquecimento. Em breve começou a sentir a cabeça como se estivesse cheia de algodão. Quando abriu os olhos, era de manhã. As luzes do seu quarto estavam acesas e encontrava-se em cima da cama sem fazer ideia de como lá tinha ido parar. Sonhara toda a noite com Alina e os seus pensamentos ainda se encontravam saturados da presença dela. Era tudo um círculo à volta da sua perda. Cambaleante, dirigiu-se à casa de banho. Precisava se recompor porque nesse dia a sua folga acabava e à tarde tinha uma viagem até a Hungria.

Antes de partir para a Alemanha, Ioan treinou Vasile nas tarefas da clandestinidade. Encontravam-se em vários locais da cidade nas suas folgas. Também apresentou Vasile a Andrei, que lhe atribuiria as missões e a quem Vasile teria de prestar contas. Além disso, deu-lhe a conhecer mais fatos sobre o regime. O que Ioan lhe contou sobre os campos de detenção ou sobre as crianças nos orfanatos não permitia que nada permanecesse como dantes. Ao mesmo tempo, não foram verdadeiras relevações no sentido em que vieram apenas confirmar rumores que circulavam por Bucareste e muitas das coisas que Alina lhe contara. Esses relatos cheios de pormenores terríveis faziam a sua alma insurgir-se, tendo o mérito de o convencer de que tomara a decisão certa.

Quando fazia os serviços de revisor para a Alemanha de Leste, Vasile começou a transportar documentos para a Anistia Internacional, entregando-os em Berlim a um receptor, geralmente um alemão ocidental. Descia em Ostbahnhof, passeava um pouco no cais a pretexto de desentorpecer as pernas, e um homem aproximava-se sussurrando uma palavra-passe. Esse era o momento em que todos os seus sentidos estavam despertos, em que ele estava inteiramente consciente do perigo, mesmo sem olhar para trás. À sua volta, os passageiros passavam apressados, mas isso não significava ausência de informadores, os quais podiam ser qualquer um dos seus colegas. Tudo se desenrolava sempre de modo diferente: umas vezes o homem metia conversa com ele, outras vezes deixava um saco na sala de espera da estação e o contato vinha atrás dele para o levar. Dependia das instruções recebidas de Andrei. Depois de fazer a entrega não tinha a certeza de nada, apenas que o seu papel naquela missão chegara ao fim. Podia muito bem acontecer que alguém o denunciasse. Fosse como fosse, ao subir de novo para o comboio, esforçava-se por não pensar no que poderia acontecer a seguir.

Em Bucareste, quando Vasile lia os jornais e identificava em alguma reportagem a palavra "sabotador", era como se ele próprio estivesse dentro das notícias. Nas primeiras viagens teve medo. Depois, essa atitude foi ficando para trás e, sem ele saber muito bem como, o seu comportamento passou a ser de coragem. O que ele conseguia fazer com a sua ousadia poderia matá-lo, porque a Romênia era um país com grades onde ninguém estava autorizado a agir ou a pensar por si próprio.

Já raramente pensava em Alina. Soubera por Sonia que ela pedira, com o seu amante, asilo político em França e não regressara à Romênia. Levar documentos para o exterior constituiu a missão de Vasile durante alguns anos. Depois, começaram a aparecer notícias no Ocidente sobre as crianças romenas em orfanatos, em particular aquelas que tinham contraído sida através de transfusões de sangue, ordenadas pela própria Elena Ceausescu. A ideia era que as transfusões as tornariam mais fortes, mas acontecera o imprevisto e agora o regime negava haver sida no país. No Ocidente criara-se um movimento para resgatar algumas dessas crianças soropositivas ou outras simplesmente abandonadas, e Andrei ficara encarregado de organizar o transporte. Através dos seus contatos, deu a Vasile o nome de várias mulheres que poderiam transportá-las, passando-se por suas mães.

Nos seus dias de folga, Vasile vigiava as possíveis transportadoras de crianças, antes de as treinar. Eram quase sempre mulheres jovens, muitas delas ainda estudantes, com bons contatos, filhas de funcionários importantes do regime, revoltadas contra os pais e o país. Seguia-as pelas ruas com o olhar treinado, identificava as suas rotinas até os hábitos se lhe tornarem familiares. A atenção era necessária em permanência, por isso estudava a vida daquelas mulheres. Não podia correr riscos de alguma ser informadora da Securitate e vir a destruir a organização.

Foi numa dessas vigilâncias que, pela primeira vez, viu Nadia. Seguiu-a e analisou-a como fizera com todas as outras. Depois das compras da manhã — nem sempre bem-sucedidas — Nadia sentava-se muitas vezes num parque próximo da sua casa, entre as árvores envelhecidas, os pardais e os pombos que bicavam o chão. Vasile parava atrás de um carvalho, espiando-a, e registrava como ela quase sempre sucumbia às lágrimas. Parecia uma mulher a quem tinham cortado os laços que a ligavam à vida, em que só o corpo sobrevivera, respirando com dificuldade. Andrei contara-lhe que ela tinha perdido um filho pequeno recentemente. Ao vê-la chorar tão penosamente, Vasile afastava-se, envergonhado. Aquela dor tão íntima não devia ser observada por um estranho.

XI

O vulto que Nadia viu através da janela naquela manhã de verão pareceu-lhe familiar. Não conseguia distinguir o rosto, mas a forma de andar não lhe era estranha. Por mais de uma vez viu aquela figura vestida de um modo miserável emergir da sombra, perguntando-se com apreensão quem seria o sujeito que rondava o prédio. Alguém da Securitate?

Demorou a reconhecer naquele homem curvado e envelhecido que à tarde lhe bateu à porta a figura outrora arrogante do marido e, no entanto, a primeira ideia que lhe veio à cabeça quando o deixou entrar em casa foi que teria de o matar. Ficou a olhar fixamente para ele; pensou gritar-lhe todas as acusações, todos os insultos, mas avaliou as consequências: tinha medo de o ver ir-se embora, de o repelir, quando precisava de tempo para elaborar um plano para o assassinar. Sim, devia simplesmente tê-lo expulsado, não era obrigada a acolher um homem acusado de ser subversivo; mas, em vez disso, deixou que a agitação passasse e perguntou-lhe como estava.

O silêncio de Paul prolongou-se o suficiente para que Nadia deixasse de saber o que fazer. Não era capaz de se deter numa ideia clara, ou de proferir uma simples frase. Paul passou por ela, foi direito ao sofá e sentou-se, depositando uma pequena trouxa aos pés. Os olhos estavam vazios como os de uma estátua. Fechou-os e deixou-se estar imóvel, sem dizer nada. Não parecia o mesmo homem que ela vira da última vez, o cabelo estava mais grisalho e as linhas do rosto tinham-se tornado flácidas, como se tivesse ficado velho num único ano.

Se ainda tivesse a arma em casa, Nadia teria ido buscá-la e disparado contra ele naquele instante. Paul fora o responsável pela morte de Drago e tinha de ser punido, essa era a sua única certeza.

Esperara poder matá-lo no momento em que fosse libertado e agora, que o tinha à sua frente a dormitar, não sabia como agir. Fora assaltada por uma consternação que se aproximava do pânico, não sendo capaz de se concentrar nas ações necessárias para acabar com ele. Era evidente que o marido se transformara num pobre diabo, era bem possível que tivesse sido torturado, mas pensar nisso excedia a imaginação de Nadia. Aliás, ela não queria saber, nem sentia a menor piedade em relação a ele.

Paul também não seria capaz de contar à mulher o que sofrera na prisão. Não sentira a ameaça de ser preso, por isso ia em estado de choque na noite em que fora conduzido pelos corredores intermináveis da sede da Securitate até uma minúscula cela sem janelas nem aquecimento. Quando se vira sozinho, tentara perceber desesperadamente o que teriam contra ele. Por conhecer muito bem os procedimentos da polícia política, sabia que não poderia nunca cair em contradição nem se deixar apanhar na rede de perguntas insidiosas que preparariam para o levar a confessar o que não tinha feito. Quando foi interrogado, nessa noite e nas muitas noites que se seguiram, fez o que pôde para enfrentar os agentes da Securitate, envergando ainda a pele de um homem poderoso, mas sabia que esse jogo estava condenado ao fracasso porque o desfecho fora decidido de antemão por homens bem mais influentes do que ele.

A sua confiança foi sendo progressivamente abalada no campo de detenção para onde foi transferido um mês depois. Trabalhava dez horas por dia, era sujeito à brutalidade e às humilhações dos guardas e as rações eram ínfimas. Mas o mais difícil de suportar era a falta de consideração dos guardas e dos outros prisioneiros. Paul nunca recebeu qualquer reação aos apelos que endereçou por carta a membros do comitê central e ao próprio Ceausescu. Foi lentamente deixando de ter ânimo, percebendo que a vida continuara sem ele e que perdera o seu lugar ao lado dos vencedores.

Havia entretanto passado ano e meio desde que fora preso. Nadia, por seu lado, sobrevivera à morte do filho transportando crianças até Berlim. Fora quatro vezes à Alemanha ao longo do último ano. O medo que experimentara na primeira viagem, e que tentara ocultar de si própria, simplesmente desaparecera. Aprendera a projetar uma imagem de segurança e determinação, embora nem sempre as sentisse. Conseguia passear-se diante dos polícias da estação de Bucareste e dos guardas da fronteira mal olhando para eles e, nessa atitude estudada, exibia também o seu desprezo pelo regime. Quando mostrava os documentos à polícia ou aos revisores, escondia-se por detrás de um rosto sereno. Mas tudo se desmoronava quando chegava a casa; o cotidiano ainda lhe exigia um esforço enorme. Talvez por isso preferisse passar temporadas em Timisoara em vez de trazer Inga de volta a Bucareste. Desde a morte de Drago, Nadia representava para a filha a depressão e a instabilidade, tudo aquilo que uma mãe nunca deveria demonstrar. No silêncio da casa, enquanto tentava adormecer, noite após noite, pensava muitas vezes se não estaria a abandonar a filha deixando que a avó a criasse. Em Timisoara, Inga voltara a ser uma criança feliz e ela tornara-se de novo, aos olhos da miúda, uma mãe cuidadora, algo que deixara de ser nos últimos meses. Quando estava em casa da mãe, Nadia era capaz de proporcionar à filha a ilusão de que voltara a ser a mesma de outrora; conseguia ser uma companheira agradável e previsível, talvez por a sua própria mãe cuidar de si.

Durante esse ano mantivera também uma estranha relação com Vasile. As missões e as viagens proporcionavam-lhes pretextos para se encontrarem, mas, em muitas ocasiões, ela desviava-se de conversas mais íntimas, como se nunca tivesse estado nos seus braços. Vasile olhava-a com uma expressão de vago desespero sem compreender a sua frieza e, ainda que com o coração destroçado, não insistia, concentrando-se nas instruções a transmitir. Mas, quando saía de perto de Nadia, recriminava-se por não ter sido mais incisivo com ela, embora, na verdade, parecesse não existir maneira de a conquistar. A maior parte das vezes não havia um mínimo sinal de encorajamento da parte dela, mas Vasile não renunciava à possibilidade de vir a ser seu companheiro. Pressentia a força da mágoa daquela mulher, recordava-se do seu pranto sofrido nos bancos do jardim, mas talvez, com o tempo, ela acabasse por se dar ao amor.

O mal-estar de Nadia, os seus desgostos e conflitos, impunham-se continuamente e ela angustiava-se com a possibilidade de ter um envolvimento amoroso. Na verdade, não tinha palavras nem ideias para o que eles dois eram ou poderiam tornar-se. O amor requeria uma energia de que já não dispunha. Aliás, não merecia ser feliz por ter deixado que o marido levasse o seu filho naquela manhã distante. O que mais a atormentava, para além da irremediável dor que o seu coração alimentava desde que Drago morrera, era a ideia de matar Paul. Não se podia prender a ninguém. Aquele não era um tempo para amar.

Mas, algumas vezes, quando Vasile se aproximava com beijos e carícias, Nadia cedia e faziam amor. Ele inclinava-se sobre ela, beijando-a suavemente na boca. Então era como se o corpo de Nadia rejuvenescesse nos seus braços e se dissipasse tudo o que até então os separara. Mas depois a sua angústia, sempre latente, empurrava-a de novo para longe. Mal a luz se tornava cinzenta e as janelas deixavam de receber claridade, apanhava as roupas e partia da casa onde se tinham encontrado, sempre um lugar diferente. Nas palavras de despedida repetia-se, declarando que aquilo não poderia voltar a acontecer, não fazia bem nem a um nem a outro.

Nadia nunca permitia que Vasile sonhasse com o futuro, tentando reduzir a sua paixão ao silêncio. Aliás, recusava-se a dar crédito aos sentimentos que ele tinha por ela. Durante semanas, cada vez que ele arranjava um pretexto para fazer uma declaração amorosa, ela cortava-lhe a palavra, dizendo que tudo aquilo era uma tolice sentimental; estavam ligados a uma rede de resistência ao regime e esse devia ser o único propósito dos seus encontros.

Mas, mesmo contra a sua vontade, quando estava sozinha em casa, a memória trazia-lhe por vezes de volta o cheiro do corpo de Vasile. A recordação envolvia-a então numa súbita vaga de desejo. Pensar nele inundava de luz os cantos mais lúgubres da sua mente. Chegava a ouvir a voz dele a sussurrar-lhe ao ouvido, embora a casa estivesse deserta. Então, abanava a cabeça como se quisesse libertar-se de um demônio interior, mas Vasile enraizara-se nela, numa parte intocada de si que havia perdido casando-se com Paul. E, assim, num dos encontros seguintes, voltava a não resistir e o corpo dela transformava-se de novo para ele.

A faca estava em cima da bancada, deixada ali depois ter sido usada para cortar pão. Enquanto espreitava o marido da cozinha, no seu estado de abandono, Nadia agarrou nela e passou a lâmina de leve pela ponta de um dedo. Ficou alguns minutos a olhar na direção de Paul, até deixar de ter certezas sobre o que fazer. Não conseguia ver distintamente a cara dele. O seu olhar fixou-se então por instantes num enorme troféu de bronze em cima da estante. Ao mesmo tempo que colocou a faca em cima da mesa, decidiu que seria mais fácil bater-lhe na cabeça com aquele objeto. Pensou em tudo isso, mas não foi capaz de se mexer. Continuava parada, junto da porta aberta, a olhar para a sala, apesar de saber que a vida só se tornaria suportável quando Paul desaparecesse do mundo. Tinha dentro de si o desejo negro da destruição, mas lembrava-se de Inga; iria, sem dúvida, matar Paul, mas teria de se despedir da filha em Timisoara primeiro, antes de ser presa.

Sentia-se atordoada. Demorou algum tempo até decidir terminar a sopa que estava a fazer no momento em que Paul tocara à porta. Só voltou à sala uma hora mais tarde para pôr a mesa. Dava ideia de que Paul não se mexera desde que chegara. A sua vida como funcionário do partido estava cruelmente terminada e o futuro era um vazio. Paul devia ter noção das consequências de ter sido preso e, por não se conseguir reconciliar com o seu destino, limitava-se a abandonar o corpo no sofá, continuando a dormitar. Tornara-se um homem incapaz de se erguer da derrota, ele que tinha passado a vida a exibir o seu poder. Nadia não fazia ideia se ele suspeitara do papel dela na sua prisão. Provavelmente,

Paul achava a mulher demasiado insignificante para tomar essa atitude. Por ter ele próprio feito tantas denúncias, sabia muito bem que era inútil gastar fôlego a questionar os procedimentos da polícia e dos delatores. E, por conhecer tão bem o partido, renunciara também a tentar perceber as razões da sua libertação; qualquer conjectura seria sempre arbitrária. Tudo poderia ter a ver com jogos de bastidores e uma manifestação de força de um membro do partido que outrora tivesse sido seu aliado. De qualquer modo, a partir do momento em que se entrava num campo de detenção, ficava-se privado de qualquer direito, era-se exposto a todas as injúrias; e, mesmo depois de libertado, nunca havia possibilidade de reabilitação. Paul chegara ao fundo e não mais voltaria à tona.

Nadia pôs a mesa e, quando o marido abriu os olhos, disse-lhe que iria arranjar o quarto onde ele dormiria, mas afirmou-o com aquele tom ausente de alguém que ainda hesita. Era uma máscara sem expressão que falava por ela. Nadia só era capaz de o olhar à distância, como se estivesse a observar um pequeno animal, e não um homem. Saiu da sala para lhe ir fazer a cama de lavado e retirar as suas coisas, colocando-as no quarto de Inga.

Sem saber o que dizer quando trouxe o jantar, Nadia pôs-se a olhar fixamente para as tigelas de sopa. Sentia-se invadida por vagas de incredulidade e repulsa, como se a presença do marido à mesa fosse irreal. Só se ouvia o sorver ruidoso de Paul; a maneira como ele devorava a comida mostrava um homem que tinha passado muita fome no campo de detenção. Ninguém que Nadia conhecesse comia com aquela voracidade. Paul tinha o rosto quase dentro do prato; os olhos reviravam-se e ficavam úmidos. Não deixou restos: era como se cada pedaço de comida representasse a salvação.

Quer fosse devido ao sofrimento, quer ao abalo de ter de novo o marido dentro de casa, Nadia manteve-se encolhida durante a refeição. Nem sequer tinha tocado na sua tigela. Mal acabou de comer, Paul disse que ia deitar-se. Nadia sentiu que o corpo se arrepiava com a voz dele. Um peso enorme, o peso do próprio mundo, descia sobre ela e tolhia-lhe a respiração quando o questionou: "Sabias que o nosso filho morreu num orfanato?" Paul pareceu hesitar. Aparentava um rosto vazio e estranho, falando baixinho num tom neutro e numa língua que Nadia demorou a entender: "Sim, soube na véspera de ser preso." Dava ideia de que o assunto não lhe interessava, como se não se estivesse a referir ao próprio filho, mas a um estranho. De seguida, olhou em volta à procura de qualquer coisa e, como se de repente se lembrasse de que também tinha uma filha, perguntou onde estava Inga. No entanto, não escutou a resposta da mulher, levantando-se e dirigindo-se para o quarto. Nadia quis naquele momento correr com ele, pô-lo na rua, bater-lhe, mas o seu corpo transformou-se num peso morto e foi incapaz de reagir.

Quase não dormiu nessa noite. Quando se levantou, as pernas pareciam não lhe obedecer, como se continuasse ainda meio fora do mundo. Conseguiu, com esforço, erguer-se da cama. Deixou passar alguns minutos até recuperar as forças e só depois se vestiu e dirigiu à cozinha. Encontrou Paul de pé, encostado à bancada a beber chá e a comer todo o pão que havia em casa. O ressentimento de Nadia voltou nesse instante e uma onda de raiva concentrou-se-lhe nos punhos. Não queria gritar com ele nem exigir-lhe explicações, queria apenas destruí-lo. Aproximou-se dele pelas costas e investiu contra ele com todo o seu peso e energia. Esmurrou-o e voltou a esmurrar até Paul se voltar com um olhar assombrado. Então, por um instante, ele voltou a ser o homem que sempre fora: olhou-a com desprezo, empurrou-a para o lado como se ela fosse uma coisa qualquer e saiu da cozinha.

Os dias seguintes foram envoltos numa névoa. Nem Nadia nem Paul mencionaram o episódio da cozinha. Falavam o menos possível um com o outro. A presença do marido veio despertar mais sofrimento em Nadia. A dor pelo filho morto voltou a encostar-se com força ao seu coração. Não se exprimia em lágrimas ou em tremuras, mas numa espécie de ausência. Às vezes, Nadia punha-se a descascar batatas com gestos tão mecânicos e distantes que acabava por cortar-se. Um único pensamento a ocupava e substituía todos os outros: "Paul terá de pagar pelo que fez." Não tinha escolha. Outrora tivera um filho e perdera-o por causa do marido. Repetia para si própria constantemente: "É preciso que ele morra!"

Nadia não conseguia raciocinar com clareza e todos os seus pensamentos eram em torno da morte de Paul. E a ideia de planear o assassínio do marido criava nela a sensação de estar além de tudo, porque o que iria fazer nunca mais poderia ser desfeito. Entretanto tinham de ser tomadas outras decisões. Era necessário terminar a ligação com Vasile e desistir do seu papel na resistência. A sua missão agora era uma e uma só: vingar a morte do filho. Tinha um encontro marcado com Vasile na semana seguinte, na ponte sobre a ribeira do parque Herstru. Nesse dia iria transmitir-lhe o que decidira. Não lhe revelaria os seus planos, apenas contaria que Paul fora libertado.

No dia agendado para o encontro, Nadia atravessou Bucareste de elétrico, debaixo de um calor asfixiante. Quando desceu na paragem,

Vasile já lá estava, encostado à balaustrada da ponte. Mesmo à distância, Nadia pressentiu a alegria dele por a ver aparecer, o rosto expectante a olhar na sua direção. Parecia que toda uma vida havia passado desde a última vez que o vira. Vasile aproximou-se dela e baixou os olhos. Sob a ponte, a água corria verde com espuma branca. De repente, Nadia ergueu a cabeça e informou-o secamente, mesmo antes de ele a cumprimentar, não querendo ser interrompida ou vir a arrepender-se: "Não posso levar mais nenhuma criança para a Alemanha. O meu marido voltou da prisão e é impossível continuar a fazer viagens. Não tenho maneira de lhe explicar as minhas ausências. Posso vir a comprometer toda a missão. E talvez seja melhor não nos voltarmos a ver."

A voz era familiar, mas Nadia não estava em si, parecendo presa num pesadelo entre o passado e o presente de onde era impossível sair. Vasile pediu que se sentassem num banco do parque para conversarem melhor. Disse-lhe que compreendia a situação dela, disse-lhe que a achava confusa, afirmou que esperaria que a tempestade passasse; e continuou a falar durante largos minutos. Nadia baixou de novo os olhos, consternada. Estava sinceramente comovida, não imaginara que lhe custasse tanto despedir-se dele. Depois de a conversa terminar, lembrava-se sobretudo de fragmentos de frases de Vasile em que ele a tentava demover das suas decisões.

Já depois de ter apanhado o elétrico, Vasile reviu aquele momento, sentindo-se abismado por ter deixado que Nadia se afastasse de modo tão súbito. Por que não lhe tinha agarrado o braço e não lhe havia suplicado que abandonasse o marido e fugisse com ele? Em todo o caso, esperaria um mês, talvez dois, e voltaria a contatá-la, porque na parte mais inabalável do seu ser, naquele canto da alma onde a razão não valia nada, não admitia que ela saísse assim da sua vida.

No sábado seguinte, Nadia apanhou o comboio para Timisoara. Informara Paul de que iria visitar Inga, mas ele limitara-se a acenar com a cabeça como se não existisse sequer uma filha a mencionar. Aliás, desde que voltara da prisão, pouco se interessava pelo que a própria mulher fazia.

Não conseguiu sossegar durante a viagem. As estações sucediam-se, indistintas. Estava a viver uma situação de tensão extrema, com a qual teria de lidar por meio de um autocontrole extenuante quando visse a filha. O seu espírito estava totalmente ocupado pelo plano de matar o marido, pelos cálculos repetidos sobre a melhor maneira de o fazer. Naturalmente não iria contar a Inga nada sobre o pai, nem sabia como a criança reagiria quando um dia soubesse que ela o matara, embora talvez viesse a compreender e lhe perdoasse. Nadia queria ir ver a filha e dizer-lhe: "Vou partir durante algum tempo, mas amo-te muito." Deixar uma mensagem de amor antes de ir para a prisão era diferente de não dizer nada.

A mãe estava à sua espera com Inga na estação. A filha correu para ela e abraçou-a. Nadia levantou-a nos braços: estava tão pesada, tinha crescido tanto. O sorriso dela fez Nadia recuar à própria infância. Também a sua mãe a abraçou. Tinha mudado de corte de cabelo, que agora flutuava em redor da cara e fazia com que os seus olhos parecessem maiores. Mas o seu olhar em direção a Nadia continuava o mesmo, definindo-se pelo amor.

Aquela semana em Timisoara passou a correr. Nadia fez um esforço por se mostrar alegre sempre que estava com Inga. Riam quando brincavam ou iam à piscina, desfrutando do prazer de estarem uma com a outra. O rosto de Inga dirigia permanentemente à mãe o pedido para ficarem juntas. Era uma súplica sem birras e sem prantos que fazia Nadia hesitar. Não conseguia dizer à filha que se calhar iam ficar uns tempos sem se verem; mas parecia que ela o pressentia; Inga observava Nadia com um olhar atento — como as crianças fazem quando uma situação está prestes a mudar para muito pior — e abraçava-se a ela.

Só nas vésperas de regressar a Bucareste, Nadia contou à mãe que Paul havia sido libertado. Tinha deitado Inga, estavam sozinhas na cozinha, mas Nadia olhou em volta, não fosse a filha entrar de súbito. "Estás a brincar?", perguntou a mãe de olhos arregalados, incrédula... "Não", respondeu Nadia. "E que vais fazer?", quis saber a mãe pondo as mãos sobre as da filha. Nadia respondeu que não sabia. Não podia dizer nada de concreto. "Por favor, abandona esse homem que só te tem feito mal", disse a mãe, exasperada. Ao longo de uma hora, tentou convencê-la a ficar em Timisoara, poderia arranjar um trabalho e uma autorização de residência. Ao ouvir os apelos da mãe, apoderou-se de Nadia uma terrível tristeza e, quando os olhares de ambas se cruzaram, pareceu-lhe que todo o futuro passava por aquelas palavras, era definido por aquele momento, não podendo haver a partir daí um retrocesso.

O olhar desesperado da mãe no final da conversa não seria diferente se Nadia lhe tivesse dito que decidira pegar fogo a si própria. Havia ali qualquer coisa que não conseguia decifrar nas intenções da filha. O comportamento de Nadia era um enigma, mas nenhum apelo parecia ser suficiente para ela o desvendar. Conseguiu ver as lágrimas nos olhos da filha quando esta lhe revelou que nessa noite não iria dormir, preferindo ficar acordada a velar o sono de Inga.

Era manhã cedo quando Nadia beijou a filha como se fosse a última vez. Inga abriu os olhos, sem ter certeza de estar acordada ou a sonhar que estava acordada. A mãe sussurrou-lhe que tinha de ir apanhar o comboio para Bucareste. Inga ergueu a cabeça e perguntou: "Quando voltas?" Nadia sorriu para filha e respondeu: "Quando menos esperares." Porém, ao despedir-se da mãe, Nadia chorou abraçada a ela, não precisando de lhe pedir que cuidasse da neta.

Quando regressou a casa ainda estava mais calor em Bucareste. A cidade tinha sido invadida de novo por um sopro abrasador que se abatia sobre os prédios e as ruas. A espera era a parte mais difícil, a espera pelo momento certo para matar Paul. No cotidiano, Nadia sentia uma tensão contínua. O marido não tinha emprego nem parecia ter vontade de o arranjar. Desde que voltara da prisão passava o tempo sem fazer nada. Era até difícil fazê-lo mudar de roupa. Cheirava mal, não fazia a barba e não tomava banho, e um odor fétido marcava a sua presença pelos cantos da casa. Falava muitas vezes sozinho — Nadia ouvia-o murmurar — como se já não existissem palavras que pudesse partilhar.

A necessidade de vingança tornou-se uma compulsão. E, no entanto, Nadia hesitava. Às vezes a sua vontade de fazer com que o marido pagasse com a vida parecia-lhe um jogo que jogava consigo própria, um tanto vago na determinação de o praticar realmente. Uns dias depois de ter voltado de Timisoara, passou por uma drogaria e, num impulso, comprou veneno de ratos. Escondeu-o numa prateleira atrás de uma série de frascos, mas a tampa da embalagem ficava ao nível dos olhos. Todas as noites se sentava na cozinha a olhar para a vitrina. A urgência da vingança e a ideia de um recomeço fundiam-se num só plano.

Decidiu que seria no sábado seguinte, uma semana depois de ter chegado de Timisoara. Só não sabia como se livrar do cadáver. A hipótese mais simples seria atirá-lo pela janela. O fato de Paul ter estado preso facilitava o plano. Todos os vizinhos testemunhariam como ele estava mudado, afirmariam, sem sombra de dúvida, que nada sobrara da sua anterior arrogância. Revelariam como Paul andava deprimido, como se tornara silencioso. A autópsia seria desnecessária e, na versão oficial da certidão de óbito, apareceria a palavra "suicídio". Talvez assim fosse ilibada de suspeitas e não chegasse a ser presa.

Não podia espalhar o veneno nas batatas como se fosse sal. Nesse sábado, descascou todas as batatas que tinha em casa para fazer sopa e juntou-lhe algumas couves. A água borbulhou pela boca da panela e então esmagou as batatas, deixando engrossar o caldo. De seguida, despejou o frasco de veneno e mexeu muito bem.

Ao meio-dia em ponto, Nadia colocou um só prato na mesa da sala e chamou Paul. As palavras que dirigiu ao marido foram as mais banais, fingindo não se dar conta do peso que carregavam. Ouviu-o sentar-se à mesa, mas não saiu logo da cozinha. Por três vezes agarrou na panela e por três vezes a pousou no fogão.

Lá fora, a luz intensa do verão, o ruído das ruas. Dentro daquela casa, duas pessoas não inteiramente vivas. Nadia entregara-se à dor com a morte do filho e Paul deixara de existir no momento em que fora despojado do seu poder no partido. Nadia sabia o que tinha de fazer, mas o assassínio de um homem, mesmo de um canalha, era irreversível. A sua vingança ultrapassaria um limiar para além do qual não haveria perdão. O tempo mantinha-se em suspenso quando agarrou outra vez na panela.

A sua ligação ao chão era instável nos primeiros passos que deu na sala. Então, de repente, Nadia abanou a cabeça como que para expulsar uma tontura. Ao mesmo tempo que as paredes rodavam à sua volta, tentou reencontrar-se com o motivo do que estava prestes a fazer. Sabia que iria carregar para o resto da vida uma visão-fantasma de Paul sentado àquela mesa. Nesse instante, sentiu as pernas a tremer e tropeçou na esquina de um móvel, caindo, e a sopa espalhou-se pelo linóleo. Nadia não se assustou com a queda, teve, porém, de empurrar para dentro de si uma estúpida vontade de chorar.

Paul, que nunca mais levantara a voz desde que regressara a casa, gritou com ela. Chamou-lhe desastrada. Ouvia-se aflição no seu tom de voz. A fome que passara no campo de detenção persistia. Nunca mais se libertara da necessidade compulsiva de comer. Secara todos os outros sentimentos. Só a comida desperdiçada ainda o fazia enfurecer.

Nadia apressou-se a levantar-se. Correu para a cozinha e trouxe um balde e um esfregão. Ajoelhou-se e limpou obsessivamente a sopa envenenada como se o assoalho a pudesse denunciar. Quando regressou à cozinha, vomitou no lava-louça. Depois deixou a água correr sobre as mãos nuas. Uma mosca gorda zumbia em círculos à volta do balde. Esse era ainda o ruído que ouvia quando decidiu fritar os dois únicos ovos que havia em casa e dá-los a Paul.

XII

O verão começava a dar sinais de cansaço, embora o calor do sol se mostrasse, às vezes, ainda cruel. Nas semanas seguintes, toda a energia de Nadia, e toda a sua atenção, continuou concentrada na ideia de matar o marido. Mais do que uma obsessão, era um sentimento de dever quase sagrado para com Drago. Com Paul lá em casa, Nadia sentia-se sitiada, mas não o punha na rua por pensar que em breve teria coragem para dar o passo final. À noite, sozinha na cama de Inga, estudava formas de levar a cabo o homicídio: uma fuga de gás, uma punhalada, um empurrão da janela. No meio desses devaneios, alimentava uma visão de Paul a voar da varanda. Via-o tocar o chão, cinco andares abaixo, imaginava a sua cabeça a bater, ouvia o som seco do crânio a estalar. Durante horas continuava a sentir a ressonância dessas possibilidades.

Tinha agora menos lições por serem férias escolares, e o marido arrastava-se pela casa. Havia certos sinais que mostravam que ela não estava a resistir: sentia náuseas quando preparava a comida para Paul e, além disso — coisa que nunca fizera antes —, fechava-se frequentemente na casa de banho e consagrava ao seu rosto exames prolongados, minuciosos, obsessivos, tentando investir-se da coragem que lhe faltava. Depois, a presença imprevista de Paul em certos cantos da sala aprofundava o seu mal-estar, como se a casa estivesse permanentemente sob ameaça. Às vezes dava por si a ligar e a desligar mecanicamente a televisão só para ver outras pessoas.

Para se ver livre de Paul, dava-lhe dinheiro e pedia-lhe que fosse de manhã para as filas das lojas. O marido caminhava cabisbaixo pelas ruas, misturando-se com as sombras. Nunca, em outros tempos, se prestaria a esse serviço. Mas no meio das pessoas, quando se tratava de lutar por um quilo de batatas ou por um pão, transfigurava-se, voltando a ser o lutador que sempre havia sido. Juntava a sua voz às outras vozes alteradas de quem estava na fila, e as suas mãos às incontáveis mãos que dentro da loja lutavam por um pacote de arroz ou um pedaço de chouriço.

O seu espírito combativo desvanecia-se depois de chegar a casa e depositar as compras na cozinha. Afundava-se então na letargia. Um rosto magro, apático e sujo, com a barba por fazer, emergia na expressão daquele homem outrora tão poderoso. Quando Nadia precisava de espaço para dar as suas lições, Paul costumava ir para um parque próximo de casa. Sentava-se num banco de jardim sozinho aos pés de uma estátua e dava ideia de não pensar em nada. A prisão havia engolido o seu orgulho. Talvez ainda recordasse o tempo em que as pessoas não queriam dar nas vistas na sua presença com medo das suas palavras. Nessa altura todos o adulavam e temiam, mas agora a cidade cobria-o com a sua indiferença.

Dentro da própria casa, Nadia sentia-se uma estranha, alguém à espera de uma coragem que nunca mais chegava. Vivia numa dimensão intermédia entre a realidade e o devaneio homicida. O desespero era tão grande que começou a sentir saudades de Vasile, mas as lembranças de amor só chegavam quando se esquecia por momentos dos seus planos de vingança.

No princípio de setembro, no telefonema habitual que fazia à mãe, disse-lhe para matricular de novo Inga na escola de Timisoara. Nadia não a queria no ambiente pesado da sua casa. À vontade de ter a filha de volta opunha-se o terror de a ver sofrer com a tensão entre ela e Paul. Não desejava, no entanto, que Inga a acusasse de a deixar mais um ano ao cuidado da avó. Por isso, falou com ela, mas a rapariga concordou logo em permanecer em Timisoara. Nadia percebeu com tristeza que a filha até ficou contente de não ter de regressar a Bucareste.

Num sábado à tarde, Nadia decidiu percorrer a cidade à procura de Vasile. Se pensasse bem, era um disparate, mas não conseguiu deixar de o fazer. Nunca soubera a morada dele, pois um dos princípios da rede era não dar a conhecer o endereço das chefias. Deslocou-se a todas as tabernas, armazéns velhos, e tocou à campainha das casas em que tinham marcado encontro. Vagas figuras, pouco nítidas ao seu olhar, passeavam-se pela cidade, gozando o fresco do começo do outono, alheias à sua ansiedade. Em certas zonas da cidade, ouvia-se o chapinhar do rio, clarões cor de pêssego, malva e rosa cintilavam em reflexos na sua superfície oleosa. Caminhou ao longo do rio, mas Vasile não estava em parte alguma.

Anoitecia quando Nadia entrou num armazém abandonado onde uma vez fora ter com ele. Lá dentro, esvoaçavam morcegos. Deixou-se ficar imóvel durante largos minutos como se fizesse parte daquela penumbra, perdida numa espécie de transe. Procurou recompor-se, refreando o fluxo de imagens mentais que as saudades de Vasile desencadeavam. Precisava dele, de falar com ele, de estar nos seus braços.

Estava tão longe de casa que apanhou um elétrico de volta. Ao sair na paragem da sua rua, Nadia reparou numa silhueta parada quase em frente ao seu prédio. Como que em resposta às suas dúvidas, a figura pareceu encaminhar-se na sua direção. Embora as suas feições não fossem visíveis no escuro, por instantes Nadia imaginou que fosse Vasile, mas logo tirou a ideia da cabeça: aquele homem era muito mais alto e tinha os ombros curvados. Então, ao cruzar-se com Nadia, o desconhecido cumprimentou-a pelo nome e estendeu-lhe a mão. Ela hesitou, mantendo intuitivamente a distância, mas, depois, num impulso, estendeu também a sua mão. Quase de seguida entrou no prédio, e logo no átrio, depois de acender a luz, contra tudo o que era sensato, leu o bilhete que o homem lhe passara.

Vasile marcava um encontro consigo no mesmo armazém onde estivera nessa tarde para as 18 horas do dia seguinte. Nadia subiu as escadas lentamente e, antes de abrir a porta de casa, por uns momentos, ficou no patamar, pensando: o destino existe. Simplesmente existe. A luz apagara-se entretanto, não deixando ver o primeiro sorriso que Nadia esboçava em meses.

Nesse domingo, Nadia entrou no armazém uma hora mais cedo do que o combinado. Os últimos raios de sol, filtrados por uma janela com vidros sujos, dançavam no teto. Quando chegou, Vasile acendeu uma lanterna e descobriu-a no escuro encostada a uma parede. Olhou-a demoradamente antes de a abraçar. Não disse nada e começou a beijá-la com sofreguidão. Nadia teve um ligeiro movimento de recuo como se quisesse ter a certeza de que aqueles lábios eram verdadeiros. Depois, Vasile encheu-lhe o rosto e os olhos de beijos úmidos ao mesmo tempo que a despia. Nadia deixou-se despir, tentando apagar o desespero do seu peito. Fizeram amor na terra batida. As carícias dele conduziam-na para um lugar sem memórias, de onde o tempo se extinguira. Nenhum barulho da cidade chegava ali, senão o da sua respiração ofegante.

Depois de tudo ter terminado, ainda com o cheiro dele no seu corpo, a solidão voltou e desatou num pranto. Temia perder-se nos seus planos de vingança. Vasile não percebia o que desencadeara aquela explosão de dor, a mais lancinante de todas a que assistira. Palavras enlouquecidas saíam lhe da boca. Era uma covarde, afirmava, soluçando. A sua coragem existia apenas de noite, dentro no quarto da filha, e com a luz apagada. O seu sofrimento pelo filho só se apaziguaria com sangue. Todos os dias contava os meses desde a morte de Drago e todos os dias perdia a conta, sufocada em lágrimas. A essa contagem, acrescentava a contagem dos meses que Paul tinha vivido a mais do que devia.

Os segredos tornaram-se menos segredos depois daquela confissão. Vasile abraçou-a, tentando acalmá-la. Se a amava tinha de a proteger e não podia desampará-la. Ela não parava de falar, revelando a sua tentativa falhada para matar o marido com o veneno de ratos e todas as formas de morte que já imaginara para ele. Vasile foi percebendo aos poucos tudo aquilo que a morte de Paul significava para ela e como a ideia de o assassinar não lhe saía da cabeça. Sem nunca deixar de a abraçar, sentindo no tremor dela o mais absurdo desespero, houve um momento em que saiu de si próprio, para se afundar num outro ser irreconhecível. Então disse-lhe que o mataria ele. No momento em que o disse nem reconheceu a própria voz.

Nessa noite, ao regressar a casa, Vasile foi buscar a velha garrafa de conhaque que estava escondida atrás dos livros. Não acendeu a luz e sentou-se a beber. No silêncio e na solidão, embriagou-se deliberadamente. Havia uma fulguração demencial na proposta que fizera a Nadia. Nunca matara um homem e a ideia causava-lhe horror. Mas, sem aquele amor, a sua vida deixaria de ser vida.

Nadia e Vasile passaram a encontrar-se uma a duas vezes por semana na casa dele. Paul nunca perguntava nada sobre as saídas da mulher, como fizera outrora. Agora olhava com indiferença para tudo o que ela fazia. O passado estava cruelmente terminado e o futuro não existia porque perdera todo o poder. Desde que Nadia pussesse o almoço em cima da mesa, deixava-se estar por ali com o tempo, a deslizar, lento como ele, entre os móveis.

Da primeira vez que Paul foi encontrar-se com Nadia num café para a levar à sua casa, ela descobriu que o apartamento era bem mais pequeno do que estava à espera e que o frio se infiltrava pelas janelas. Mas lá dentro nada disso importava e entregava-se completamente ao jogo de o amar. Nunca Vasile a conhecera tão doce, tão solícita e tão indefesa. Na lenta queda dos corpos no prazer, havia, claro, uma alusão secreta à morte de Paul, como se fosse uma assombração. Porém, nem um nem outro avançava com um plano. Vasile mostrava-se vago quando mencionava o assunto, sentindo-se perdido e não sabendo enunciar os passos seguintes. No fim de fazerem amor, o silêncio estendia-se como um manto ou uma segunda pele. Quanto mais Vasile pensava no caso, mais indeciso ficava. Disfarçava as suas dúvidas com uma súbita revolta, ressentindo-se por Nadia o ter empurrado para aquele conflito. Aquilo que sentia por ela era extremamente poderoso, mas o seu desejo puxava-o para uma história que não era dele e da qual tinha vontade de fugir.

Desde que prometera matar o marido de Nadia, Vasile não se conseguia concentrar e deixara de dormir. Vista de fora, a ideia de matar um homem daqueles poderia ser vista como um ato de justiça. Mas essa hipótese só era concebível para quem não soubesse como o assassínio de alguém deixa também mutilado quem o executa. A perturbação turvava-lhe o espírito, fazendo-o sentir que matar era um ato inconcebível. Vasile tinha vivido nos últimos anos com a consciência, ou o receio, de poder estar a ser vigiado e preso; no entanto, nunca como agora se sentira assim aprisionado. Às vezes queria desistir, confessar a Nadia que não seria capaz de um homicídio; outras enchia-se de coragem e cogitava planos. Em qualquer dos casos, o desfecho daquele dilema amargurava-lhe os dias, ao ponto de se questionar se poderia continuar a sentir amor por Nadia depois de matar Paul.

Nos seus dias de folga, Vasile seguiu Paul por várias vezes. Via-o quase sempre sentado no banco de jardim do parque perto de casa. Em tempos, Andrei dera a Vasile uma arma para sua proteção e poderia matá-lo facilmente ali no parque. Paul deixava-se estar até a noite, e os candeeiros da iluminação pública raramente estavam acesos, cobrindo o jardim de uma penumbra opaca. Quase não passava ninguém e seria fácil disparar à queima-roupa. Repetia a si próprio que o ato abstrato de matar era condenável, mas não naquelas circunstâncias concretas, não em relação àquele homem em particular. Depois visualizava, absurdamente, as variantes do ângulo de disparo. Com uma bala no coração, Paul cairia para a frente e haveria pouco sangue. Os riscos de não acertar seriam, no entanto, maiores. Mais seguro seria uma bala no meio da testa, mas aí a cabeça seria projetada para trás e, mesmo no meio da escuridão, não sabia se suportaria contemplar o rosto da morte. Vasile matou Paul centenas de vezes no banco de jardim, de mais longe e de mais perto. Confrontava-se com essas execuções imaginárias com verdadeira náusea, cada simulacro durava apenas uns segundos. No fim, nunca ouvia o som das balas, só a boca de Paul a gritar. Depois escutava o vento a sussurrar, olhava em volta e os olhos do morto estavam por todo o lado.

Era assim todas as noites. Deitado na cama congeminava sobre a melhor maneira de assassinar o marido de Nadia, encaixando partes complicadas de um plano, afinando os pormenores, voltando atrás para analisar os cálculos anteriores à luz de novas possibilidades — posto que concluía que não se sentia preparado.

Não era apenas Vasile que andava agitado. O mundo socialista passava por um furacão. Os rumores sobre as revoltas nos países do Leste circulavam em Bucareste. As conversas passavam de boca em boca, turvando os fatos em vez de os esclarecer. Eram rumores que transformavam os rostos, abrindo-os para novas esperanças. Nada vinha nos jornais do regime, tinha de se manter enevoado o que era ameaçador, mas Vasile viajava para a Polônia e a Tchecoslováquia e ouvia as notícias. Todos os sinais que encontrava nesses países eram de uma coisa a desmoronar-se.

Noutra ocasião, nada mais lhe interessaria do que informar-se sobre a revolução. O muro caíra em Berlim e em Praga havia agora manifestações todos os dias. Vasile ouvia as conversas em surdina dos passageiros dos comboios internacionais sobre os acontecimentos nos respectivos países, mas prosseguia o seu caminho. Os seus próprios dilemas não lhe permitiam reconstituir à sua volta as promessas de um mundo fiável.

Num sábado, no princípio de dezembro, Nadia voltou a desabar em lágrimas. Tinham acabado de fazer amor. Vasile manteve-a apertada contra o seu corpo sem dizer uma palavra. Naquele momento, não via nada além do rosto sofrido de Nadia.

Sem olhar para ele, Nadia soltou-se e, de seguida, afirmou muito baixinho: "Estou morta." Explicou-se melhor. As suas emoções não tinham densidade, eram um tecido efêmero. Não tinha forças, nem sequer para ir buscar Inga à casa da mãe. Cumpria as suas obrigações, cozinhava, ganhava o único dinheiro que entrava em casa. Mas estava morta. Todos os dias tinha de olhar para Paul durante demasiado tempo. Todos os dias se sentava na cama do filho e fixava por longos minutos um carrinho de madeira, tal como se olha para os santos nas igrejas e se pede ajuda em silêncio. Fazia o carrinho avançar e recuar no chão, sabendo muito bem que o brinquedo não lhe podia trazer Drago de volta. A perda transformava-se naquele objeto que se oferecia aos seus olhos e que, de algum modo, representava a criança morta. No instante em que o disse, soluçou mais alto, descontroladamente.

Vasile ajoelhou-se diante dela. Nadia apertou com tanta força a testa contra o seu ombro, fechou os olhos e escapou-lhe dos lábios um gemido tão prolongado que ela não reconheceu a voz. Nunca a amou tanto como nesse momento, por isso sentiu-se forçado a dizer: "Juro-te que o faço. Dá-me apenas mais algum tempo." Nadia não disse mais nada, limitou-se a estender os braços para ele como uma criança que pede sem palavras que lhe peguem ao colo.

XIII

Naquela manhã Nadia olhou para o calendário. Faltava uma semana para o Natal e queria passá-lo em Timisoara. Não via a filha desde o verão. Desceu a rua para telefonar à mãe de uma cabina dos Correios e combinar a viagem. Por ter medo de que o telefone de casa fosse vigiado, mandara-o cortar. A mãe disse-lhe para não ir. Mesmo correndo risco de a linha estar sob escuta, avisou-a de que nas vésperas rebentara uma revolta na cidade e que homens e mulheres, operários e estudantes, não arredavam pé da praça principal. Escutavam-se tiros e dizia-se que os tanques iriam investir contra os manifestantes. Ninguém lá de casa saíra à rua, e muito menos Inga. Repetiu ainda assim várias vezes que não se preocupasse, tinham comida para uma semana, mas era melhor Nadia não correr riscos e ficar em Bucareste.

Quando regressou dos Correios, Nadia sentou-se sozinha na sala de estar, com o coração acelerado e um formigueiro nos pés. Seria sensato não ir buscar a filha? Os seus olhos registraram a pequena prateleira onde estava uma fotografia de Inga e as lágrimas umedeceram-lhe os olhos. Se acontecesse alguma coisa à filha, nunca se perdoaria. Talvez devesse ir naquele momento para a estação. Apertou o rosto entre as mãos sem saber o que fazer. Estava cansada, e a cabeça esgotava-se ainda mais naquela indecisão.

A partir do telefonema, começou a contabilizar o tempo de outra maneira. A aflição era tanta que os quatro dias seguintes pareceram não existir, como se os tivesse sonhado. Quando saía à rua, os rumores sobre a revolta de Timisoara circulavam nas conversas de esquina. Comentava-se que havia mortes, prisões, tortura, mas os jornais, que ela folheava com ansiedade, nada traziam. Havia apenas algumas linhas referindo uma arruaça sem importância. Como sempre, a imprensa só noticiava acontecimentos em que Ceausescu ou a mulher estivessem presentes. Quando Paul era ainda um importante funcionário do partido, tinha-lhe dito que as ordens eram para que cada jornal mostrasse em três páginas diferentes fotografias do Presidente e da primeira-dama.

Quatro dias antes do Natal, Nadia reparou, ao final da manhã, que Paul não regressara com as compras. Faltou ao almoço e depois ao jantar.

Ficou apreensiva, porque era a primeira vez que se ausentava por tanto tempo. O lugar vazio do marido à mesa foi relembrado de cada vez que levava uma colher de sopa à boca. Desde que Paul voltara do campo de detenção a única coisa que lhe parecia importar era a comida, o que aumentava ainda mais o mistério da sua ausência. Também não veio dormir a casa. Nessa noite, Nadia foi para o seu quarto pensando se o desaparecimento estaria relacionado com as revoltas de que se falava; as paredes estalavam com o frio e na rua as temperaturas eram negativas.

De manhã, Paul ainda não tinha voltado. Para ela era um enigma o modo como o marido ocupava o tempo quando não estava em casa. Na cabeça de Nadia, levantavam-se outras preocupações. Faltavam três dias para o Natal e tinha intenção de voltar a telefonar à mãe para saber como estava a situação em Timisoara. Antes de sair ligou a televisão. Percebeu que iam transmitir um discurso do Presidente. Ceausescu chegara de uma visita de Estado ao Irã e preparava-se para se dirigir às pessoas na varanda do palácio presidencial. À primeira vista, parecia um comício como tantos outros. Os operários tinham sido forçados a sair das fábricas e a dirigir-se à Praça da República. A polícia ia buscá-los e o cortejo começara a formar-se às primeiras horas da manhã. Nadia não esperava que fosse diferente de tantas outras manifestações de apoio ao Presidente. Os operários vinham, obedientes; eram ensinados sobre o que haviam de dizer e as palavras de ordem soavam alto num coro de vozes desafinadas.

Ceausescu iniciou o discurso. A câmara mostrava um grande plano do seu rosto austero. Ouviram-se os primeiros aplausos. De repente, porém, o vento pareceu mudar e o Presidente e a mulher começaram a ser vaiados pela multidão. O povo transformou-se de um momento para o outro. Deixou de ser dócil. Tornou-se um corpo furioso e agitado. Cada uma das vozes multiplicou-se num coro. Vento cortante de dezembro, geada cáustica, neve gelada, chuva no rosto, mas nada fazia aquela gente abandonar a sua revolta. Nadia viu o pânico nos olhos de Ceausescu, que começou a gaguejar; não teve outro remédio senão recuar para dentro do palácio e as suas palavras pareciam não despertar o eco dos antigos aplausos.

Os olhos dos operários faiscavam na luz ainda escassa da manhã. Avançaram polícias e cães, depois mais polícias. De cassetetes nas mãos buscavam a esmo costas, braços, pernas. Bateram em todas as pessoas próximas, mas de seguida recuaram. De repente, deixaram de se ouvir os gritos dos polícias porque o povo tinha demasiadas cabeças. E logo de seguida o ecrã ficou negro.

Nadia continuou a olhar fixamente para a televisão, que passara a transmitir um concerto de música clássica, como se houvesse alguma coisa que deveria vir a seguir à retirada do Presidente e ela não estivesse a ser capaz de ver. Os minutos que passou assim sentada tanto podiam ter sido quinze como trinta, até que a campainha da porta tocou, ressoando por toda a casa. Nadia levantou-se e foi abrir, ficando sem fôlego: à sua frente estava Vasile. O coração de Nadia começou a cavalgar e a boca abriu-se para falar, mas as palavras não saíam. Ele nunca antes tocara à sua porta e não era sequer suposto estar ali.

Por um segundo, pensou que Vasile tinha matado Paul, mas parecia demasiado exuberante para quem acabara de tirar a vida a um homem. Num impulso, Vasile abraçou-a e, contra todas as expectativas, Nadia deixou-se abraçar à porta do apartamento onde todas as vizinhas poderiam passar. Sentiu o coração a acelerar quando ele lhe disse: "A revolta alastrou a Bucareste. Juntou-se uma multidão enorme na Praça da República exigindo a demissão de Ceausescu." Sem dizerem mais nada, correram para a rua. Tinham de participar na libertação do seu povo.

Não havia elétricos a circularem nas ruas e os carros eram pouquíssimos. Nadia e Vasile caminharam durante mais de uma hora em direção à Praça da República, mas já não conseguiram chegar lá, ficando parados numa rua paralela. Por todo o lado havia gente. Pouco passava do meio da tarde, mas o sol ia declinando, criando sombras; em dezembro fazia-se noite muito cedo. Nas proximidades da praça, a multidão era cada vez mais densa, as pessoas estavam tão apertadas umas contra as outras que o vento não conseguia assobiar entre os corpos. Rostos enfurecidos exigiam a deposição do regime. Cada uma daquelas vozes detinha o seu pedaço de esperança, cada boca inventava o seu grito de revolta. A qualquer momento, poderia vir o exército, poderiam chegar os tanques do Presidente; e, no entanto, aquele cansaço diário que mostrava faces sempre iguais e extraordinariamente envelhecidas extinguira-se. Era uma humanidade a céu aberto, pobre, esfomeada, mas que, pela primeira vez em muitos anos, estava determinada a fazer frente ao ditador.

Helicópteros voavam por cima dos prédios como moscas furiosas. Ao longe, começou a ouvir-se o movimento dos tanques. A noite ergueu-se devagar. As ruas ficaram negras e os blindados foram-se aproximando. Quem estava na praça eram pessoas com rosto e uma vida miserável. A respiração esvoaçava diante delas, branca e cintilante como a neve debaixo dos pés. Em cima a lua espalhava um súbito fulgor.

Encostados a um prédio, Nadia e Vasile tinham pavor de tropeçar nos próprios pés e ficarem esmagados debaixo de algum tanque. Não eram os únicos a sentir esse receio. Todas as pessoas ao seu lado tinham um medo que as impelia a fugir. Contudo, ninguém se movia. Os olhos haviam-se habituado à escuridão e conseguiam distinguir à distância um grande número de soldados a marcharem junto aos blindados.

Nadia e outras mulheres ergueram os seus guarda-chuvas quando as tropas passavam. Contavam-se entre as combatentes mais corajosas quando usaram o chapéu-de-chuva e os gritos como se fossem armas. Por várias vezes, Vasile teve de a puxar para trás e acalmá-la para que ninguém disparasse sobre ela.

Os oficiais gritavam, os dentes reluzindo nas suas bocas, mas os soldados recusavam-se a premir o gatilho. Um capitão desceu de um tanque e ameaçou julgá-los por traição, mas nem assim conseguiu que disparassem contra as pessoas. As horas iam passando e não se ouvia um único tiro. Os tanques subiam as ruas, apontavam as armas, mas depois voltavam para trás. Foi uma noite de gritos, de correrias e de um frio glacial. Algumas das pessoas, no transe de enregelar, já não se importavam de abrir o peito às balas.

Depois de cada movimento das tropas e dos tanques, havia um intervalo em que não acontecia nada. Nessas alturas, as pessoas sussurravam entre si, tentando descobrir a direção dos soldados, espreitando pelas esquinas com a mesma ansiedade de uma corça perseguida. Tinham sido dadas ordens aos militares para matar os revoltosos sob a penumbra da noite. Deveriam disparar de imediato se fossem atacados com pedras, mas nem assim reagiram. Nadia e Vasile foram daqueles que também atiraram pedras e fugiram para trás dos prédios sem que ninguém viesse atrás deles.

À medida que o sol penetrava na bruma matinal, os militares iam ganhando consciência de que a verdadeira Pátria se encontrava nas ruas. Por volta das dez horas da manhã, os tanques tinham-se juntado ao povo e virado os seus canhões contra o palácio presidencial. Ninguém sabia muito bem como isso acontecera. E, nesse instante, começou a festa em que já se pressentia o fim do regime.

Um sentimento de libertação penetrou em cada uma das pessoas daquela praça. A fúria do povo tornou-se ainda mais tumultuosa. A neve abafou a correria de toda aquela gente em direção às portas do Palácio da República, mas não os seus gritos nem as palavras de ordem. Começaram a arrombar as portas. A invasão do palácio foi uma temeridade. Nadia e Vasile correram com os outros, mas estavam muito atrás e não conseguiram entrar. Uma enorme multidão, com punhos erguidos, impedia a sua passagem, continuando a exigir o fim do regime. Também as vozes de Nadia e Vasile deixaram de lhes pertencer, fazendo parte desse enorme coro que gritava contra a fome dos últimos anos. A força daquelas vozes sobrepunha-se ao barulho de um helicóptero por cima das suas cabeças. As pessoas continuavam a não querer abandonar a praça e muitas saquearam o palácio.

Os que tinham permanecido na praça ficaram a saber da novidade pelos que tinham entrado no palácio: o Presidente Nicolae Ceausescu e a sua mulher, Elena, haviam fugido de helicóptero. Uma multidão inquieta perscrutava os céus, vendo o helicóptero a afastar-se. O que acontecera era tão surpreendente como a liberdade. A fuga do ditador continuava a ser inacreditável, mesmo depois de repetida por tantas bocas. Sobre as suas implicações ainda ninguém era capaz de pronunciar-se.

Nadia e Vasile dançaram com o povo, esquecendo o frio, a neve e a fome. Cantavam com uma voz forte, recordando os mortos que tinham desaparecido durante o regime. Enquanto cantavam, o seu coração conhecia o sobressalto de uma felicidade que era comungada por todos. Nada do que agora estava na cabeça das pessoas se conseguia separar da esperança. Com as ruas a transbordarem de gente, o chão parecia ter desaparecido.

Durante horas a festa prosseguiu. Mas os boatos espalhavam-se como a água suja sobre a neve branca. Como distinguir o que era verdadeiro do que era falso? Dizia-se que o Presidente tinha fugido para o estrangeiro, mas também que vinha a caminho de Bucareste com um exército. Só ao fim desse dia extraordinário, Nadia e Vasile se afastaram. Caminharam lado a lado numa sucessão de ruas desertas de mãos dadas. No fim daquelas ruas, ficava a casa dele e a possibilidade de fazerem amor.

Mal entraram em casa de Vasile, abraçaram-se. Como se fossem animais livres e, como qualquer animal, só sonhassem com as vontades do corpo. A cidade cheirava a liberdade e unia a sua paixão àquele aroma. O seu desejo exprimia-se com uma intensidade selvagem que transformava os seus corpos numa única força. Depois de terem feito amor, ele olhou-a e, pela primeira vez, viu felicidade no seu rosto; a paixão revelava-se na forma como os seus olhos se continuavam a tocar já depois do prazer. Nesse momento haviam criado uma espécie de círculo em volta dos dois e era dentro dele que Vasile gostaria de viver para sempre.

Nevou fortemente durante a noite, mas, de manhã, o sol entrou no quarto formando um retângulo de luz rendilhada no chão e aos pés da cama. Era véspera de Natal e Nadia pensou em Inga. Tinha de sair e ir aos Correios tentar telefonar-lhe. Vasile levantou-se, fez torradas e beberam um café fraco de cevada. Enquanto tomavam o pequeno-almoço, Nadia comentou que não via Paul havia dois dias, não sabia o que lhe acontecera. Uma espécie de sombra pairou entre eles e fez-se silêncio. Vasile ficou com os maxilares retesados como se estivesse para dizer alguma coisa, mas não disse nada. Naquele momento não queria pensar na promessa que fizera a Nadia. Talvez Paul tivesse fugido com medo do tumulto e isso era, sem dúvida, uma boa notícia. Beijaram-se antes de sair, mas o beijo não quebrou o peso daquele silêncio.

Na rua separaram-se. Nadia dirigiu-se aos Correios para tentar telefonar à mãe e Vasile voltou para a Praça da República. A euforia não passara, mas as pessoas já não estavam continuamente a gritar palavras de ordem. Havia ajuntamentos por todo o lado e continuavam os rumores sobre o destino do Presidente: o ditador já tinha sido visto em todas as cidades da Romênia; no lapso de uma hora era afirmada uma coisa e o seu contrário. Na fosca claridade daquela manhã, as pessoas continuavam juntas com letreiros e cartazes pelas ruas. Os retratos do ditador, que antes olhavam uns para os outros em todas as esquinas da cidade, tinham sido arrancados e jaziam aos bocados pelo chão.

A fila para telefonar nos Correios dava a volta ao quarteirão. As sombras já se alongavam sobre o asfalto quando, ao fim de cinco horas, os funcionários fecharam as portas. Nadia ainda tinha dez pessoas à frente. Era de novo noite. Só lhe restava voltar para casa. As praças de Bucareste pareciam ter ficado ligadas entre si por enormes ajuntamentos. Aquele era um mundo em que as pessoas andavam à deriva porque as notícias sobre o Presidente mudavam a toda a hora.

Nadia regressou para o seu apartamento e o silêncio foi a única resposta que obteve quando chamou por Paul. Não estava ninguém. Sentou-se na sala. Dir-se-ia tomada por uma súbita serenidade. A verdade é que naquele momento não pensava no marido, nem sequer em Vasile ou nos filhos, mas na Romênia. Em mais nenhum país tinha havido tantas perseguições, mortes e fome, e a excitação das últimas horas não desaparecia facilmente. Mas quem sabia como aquilo iria terminar? Fosse como fosse, o povo romeno havia transposto um muro ou uma fronteira. Porém, Nadia estava demasiado cansada e os seus pensamentos só tocavam a periferia das coisas, sem distinguir claramente as consequências da revolução.

Acabou por adormecer no sofá e dormiu até a sala se encher de sol. Acordou cheia de fome, não comia desde o pequeno-almoço da véspera. Em casa tinha apenas dois pedaços de pão e duas maçãs. Teria de ir comprar qualquer coisa. Então, lembrou-se de que era Natal e estava tudo fechado.

Fez uma torrada com o pão duro e um chá, andou às voltas e, sem saber o que fazer, ligou a televisão. Uma sensação de espanto desceu sobre ela quando viu o Presidente e a mulher a serem julgados numa espécie de tribunal improvisado. Os rostos dos juízes mantinham-se sérios, as vozes austeras, mas pressentia-se um ambiente de encenação pela pressa do julgamento. O casal presidencial estava a ser acusado pela morte de sessenta mil romenos, de ter destruído a economia do país e de, deliberadamente, matar multidões à fome.

A princípio, o Presidente não tentou defender-se, afirmando não reconhecer autoridade àquele tribunal. Acrescentou que só responderia perante a Assembleia Nacional, gaguejando durante o discurso. Depois tentou desviar a atenção da gaguez, falando com frases curtas e com um agitar constante das mãos. Elena, a primeira-dama, atirou, por sua vez, a cabeça para trás para exibir o seu desdém. Também ela não reconhecia autoridade àquele tribunal. Era a única coisa que afirmava aos gritos, revirando os olhos. O medo de vir a ser condenada não havia ainda superado a arrogância, como se a influência do poder a envolvesse numa espécie de capa. Afirmava que era a mãe da Pátria, acusando, com rispidez, os juízes de um abuso infame. Se não se soubesse que aquela mulher tivera nas mãos um país inteiro, seria tomada por uma vulgar idosa.

Nadia não percebia o que estava a acontecer. Sentia-se a andar em círculos, como dentro de um sonho sem sentido. Foi então que houve um intervalo e um repórter fez uma síntese: o casal presidencial havia sido levado ao quartel de Târgoviste por um polícia de giro. Os Ceausescu, tendo apenas consigo um guarda-costas, tinham perguntado a esse agente onde ficava o aquartelamento militar da cidade, depois de terem sido abandonados por dignitários do partido, por vários guarda-costas e pelo piloto do helicóptero. Para chegarem a Târgoviste, o seu único guarda-costas assaltara um carro. O agente reconhecera de imediato o casal. Anoitecia quando o polícia, acompanhado por um casal de idosos e um homem mais novo, pediu, à porta do quartel, para falar com o comandante das tropas. Durante alguns segundos, nada aconteceu. Os três soldados que estavam nos postos de vigia voltaram-se lentamente até que os olhos deles se detiveram em Nicolae e a sua boca se entreabriu de espanto. De seguida, apontaram-lhe as armas. Era aí, nessa cidade de província, que decorria o julgamento.

Voltaram de seguida as imagens do tribunal. Visto de fora, o julgamento era uma enorme farsa. No meio das acusações, o olhar estranho de Ceausescu surgia aos juízes como uma provocação constante. O Presidente negou todas as acusações, apesar de a palavra "não" naquele momento ser a mais inútil de todas.

Nadia via o julgamento pela televisão como se fosse uma montagem, porque tudo aquilo que durante anos tinha sido garantido como verdade passou a não o ser. Notou que o espanto se colava à expressão de Elena como se fosse uma nova face quando ouviu os juízes mencionarem os seus gastos em jóias e casacos de peles enquanto o povo morria à fome, ou quando falaram da falsificação dos seus diplomas universitários.

O advogado de defesa tentou alegar insanidade. Antes de a sentença ser proferida, o ditador desatou a gritar e ficou numa tal fúria que ninguém o calava. Dois soldados apontaram-lhe uma arma enquanto o juiz presidente declarava: "Morte por fuzilamento." Os militares rodearam o casal, prendendo-lhes as mãos atrás das costas. Elena gritou que não lhe tocassem, afinal era a mãe da Pátria. O jornalista de serviço comentou o desfecho em tom eufórico, enquanto as imagens mostravam o Presidente e a mulher a serem arrastados pelos soldados. Houve uma interrupção da emissão e de seguida várias repetições das principais cenas do julgamento.

Nadia assistiu ao fuzilamento em direto cerca de uma hora mais tarde como se fosse um filme. Viu os condenados a serem encostados à parede e o pelotão a formar-se. O Presidente e a mulher discutiam com os soldados e proferiam ordens patéticas, mandando-os parar, tentando ainda demonstrar autoridade. As armas convergiram sobre eles, mas os três homens que iam matá-los permaneciam imóveis. O braço do único oficial presente eternizava um gesto inconclusivo. O vento havia cessado. Uma pesada gota de neve roçou numa das têmporas do Presidente e deslizou-lhe lentamente pela face. O capitão vociferou a ordem final. Em frente ao pelotão de fuzilamento, Elena tentou um grito, uma palavra, um gemido. Olhou para o lado e viu o corpo do marido desmoronar-se sob o impacto das balas, o fumo em redor do cadáver nunca mais acabava de se dispersar. Iniciou um grito enlouquecido, moveu o rosto, mas a descarga da fuzilaria derrubou-a. Por instantes, o seu corpo ainda existiu teimosamente, só depois o céu escureceu e tombou negro sobre ela.

A televisão repetiu várias vezes o momento da morte do casal. Nadia voltou a ver os últimos segundos em que os corpos ainda estavam vivos, mesmo que vacilantes, aqueles momentos em que ainda respiravam. Os seus olhos fixavam-se ao esgar dos condenados, ao movimento de trepidação das cabeças. Pensou e voltou a repensar na horrível possibilidade da sobrevivência da mente à morte do corpo durante alguns segundos. O ditador pareceu-lhe um rei muito velho que nem no último instante acreditara no próprio fim. Afinal, durante anos fora o ditador, dominando a Romênia, e como que flutuara por todo o território, ilimitado, sem peso, podendo estar em todos os lugares ao mesmo tempo através dos olhos dos seus vigilantes. Depois o jornalista regressou, comentando os acontecimentos daquele dia histórico.

Nadia desligou a televisão quando iam repetir mais uma vez a cena do fuzilamento. Fechou os olhos e, por um instante, viu a figura do marido substituir a do Presidente e ser fuzilado em seu lugar. Nessa imagem, o rosto de Paul não se mantinha suficientemente nítido para que ela distinguisse um último olhar. Mas percebeu que ele pressentiu a sua própria morte e que não estaria presente em tudo o que viesse a seguir. Dez segundos de eternidade e de repente chegou o horror: a explosão ensurdecedora de um tiro. Então, ela sentiu que, se Vasile matasse o marido, nunca mais iria banir da sua vida a culpa daquele crime.

Deitou a cabeça para trás e pensou no instante infinito da morte, aquele momento em que os olhos se esvaziam de vida. Quem beneficiaria com aquelas mortes? Por que eram necessárias para que uma nova oportunidade fosse dada ao povo romeno? E o que ganharia ela com a morte do marido? Por estranho que parecesse, a necessidade de vingança que a atormentava havia meses desvanecera-se. Provavelmente, Ceausescu e a mulher teriam sido tão responsáveis pela morte de Drago como Paul e, no entanto, não conseguia deixar de pensar neles com piedade. A morte nunca apaziguaria o seu sofrimento nem se substituiria à perda do filho. Contemplando o assoalho junto aos pés, Nadia foi nesse momento invadida por uma memória antiga. Quando era criança a avó levara-a a uma missa clandestina na aldeia. Não se recordava do rosto do padre, mas uma frase dessa homilia ecoava-lhe nos ouvidos: "Cada pessoa era uma chama viva acendida por Deus." Ninguém tinha o direito de matar.

O som da campainha interrompeu o seu devaneio. Era de novo Vasile à sua porta. Sorriu-lhe, franzindo os olhos de felicidade, e tudo o que ele dizia tinha a ver com um mundo novo. Vinha buscá-la para irem para a rua festejar o fim da ditadura. Nadia vestiu um casaco e acompanhou-o à Praça da República, mas sentiu que, apesar de tudo, não lhe apetecia celebrar.

XIV

As ruas encontravam-se cheias de pessoas que festejavam a morte do ditador. Continuava a estar muito frio. O pavimento cobrira-se de neve fina, as poças de água mantinham-se congeladas e pardacentas, o gelo sulcado de riscos fazia as pessoas escorregarem, mas nada diminuía o seu entusiasmo. Os sorrisos pareciam ter-se instalado para sempre nas bocas, de que só saíam palavras sobre o progresso e o futuro. A luz amarelada que se escoava no fim de tarde não era suficiente para distinguir as muitas figuras que passavam. A neve começou a cair, envolvendo a cidade com a estranha quietude de uma indiferença branca, quando por todo o lado só se via efervescência. Vasile sugeriu que atravessassem o parque por ser mais rápido o caminho até a Praça da República.

As árvores ao pé da casa de Nadia eram mais antigas do que os prédios das ruas próximas. No verão, viam-se gatos e cães, crianças que brincavam às escondidas e também homens e mulheres que se acariciavam em recantos escuros. Mas de inverno as árvores ficavam nuas, os meninos que passavam pelo parque esqueciam os jogos e as pessoas eram apenas sombras apressadas.

O parque estava mergulhado numa névoa que encobria os ramos das árvores e os sepultava no gelo. Não se via vivalma enquanto caminhavam, só o vento ressoava. Mesmo na penumbra, Vasile apercebeu-se de que Nadia exibia no rosto uma expressão de vaga tristeza. Viu-a hesitar, como se fosse dizer algo e tivesse depois desistido. Imaginou que ela se iria referir ao marido, e então a voz dele soou firme quando disse que, se encontrasse Paul naquela noite, seria um bom momento para o "despachar". Durante aquele período de incerteza ninguém se preocuparia com a morte de um antigo funcionário do partido. Aliás, era mesmo a altura ideal, porque os cadáveres dos políticos do regime iriam certamente começar a aparecer a boiar no rio Dâmbovita. A voz tornou-se mais agreste, procurando mostrar, na intensidade com que destacou as sílabas do verbo matar, um homem determinado. Foi nessa altura que nas mãos de Vasile surgiu uma arma.

Era apenas para provar que iria cumprir a sua promessa, mas Nadia tirou-lhe a pistola da mão e começou a correr. Não lhe bastava afastar-se do amante, precisava expulsar o seu ódio ao marido. Vasile correu atrás dela. Nadia correu ainda mais, desaparecendo entre as árvores. Arfando, parou ao pé de uma ribeira e atirou a arma para as águas negras. Deixou-se ficar ali, alimentando-se da cegueira da penumbra. As dúvidas sobre o assassínio de Paul tinham-se abatido sobre ela desde que vira o casal presidencial morrer. A verdade é que já não queria a vingança, mesmo que essa descoberta fosse um sentimento caótico e não inteiramente compreensível. Ela já não precisava da morte do marido e isso mesmo disse ao amante debaixo do seu abraço. Vasile veio por detrás dela e rodeou-a com os braços. E prosseguiu. Nada nem ninguém lhe traria de volta o filho, ele morrera e o mundo tornara-se vazio. Dentro de si ficara tanta raiva que pensara que transbordaria a vida inteira, mas agora, que havia a possibilidade de um recomeço, sentia que talvez não viesse a ser assim.

Vasile olhou para Nadia como se ela fosse uma versão diferente da pessoa que conhecera. Essa primeira pessoa que começara por ser só tristeza parecia estar a libertar-se. A dor surda estava lá, tanto assim que ela chorava nos seus braços, mas essa condição parecia transformar-se noutra coisa, numa esperança qualquer.

A calma da noite era quase perfeita com a neve a cair em farrapos. Passados alguns minutos, começaram a andar, embora nem um nem outro soubesse muito bem para onde iam. Nadia caminhava de mão dada com Vasile, seguindo-o por atalhos escuros, pressentindo que a sua existência futura iria depender daquele homem, mesmo sendo ainda uma mulher casada. Estavam perdidos no meio do parque quando deveriam estar junto do seu povo a comemorar a revolução.

Andavam às voltas, sentindo a neve macia bater-lhes no rosto. As sombras aglomeravam-se em torno deles como um coro silencioso e assustador. Não havia maneira de se orientarem porque quase não havia iluminação pública; o parque estava completamente às escuras e só de vez em quando surgia no céu uma faixa de luar. De repente, o estreito caminho por onde seguiam tornou-se ainda mais estreito e desceu abruptamente até uma pequena clareira onde brilhava a luz de um único candeeiro. Nesse local, Vasile virou-se para Nadia e reparou como o seu rosto exprimia terror. Depois ela pareceu dominar-se e controlou o tremor que se apoderara dela dos pés à cabeça, apontando para a frente: num banco, meio oculto por um choupo, Paul e o inverno dormiam o mesmo sono. Vasile aproximou-se e segurou-lhe o corpo rígido, que deslizou, frio, nos seus braços. Agarrou-o com uma mão enquanto a outra sacudia a neve. O cabelo de Paul debaixo da neve cheirava a morte.

Os olhos de Nadia abriram-se ainda mais, procurando dar sentido àquele cadáver a que ela apenas alguns minutos antes decidira não tirar a vida. Onde começava o pensamento já só havia uma sensação de vazio. Deixou-se estar de pé à espera de sentir a libertação que imaginara tantas vezes. Agora, que acontecera o que tanto desejara, e sem a sua intervenção, não sabia o que sentir. Não conseguia chorar por Paul, mas não estava feliz. Ao observar o corpo do marido, sentiu que o desespero que a havia atormentado nos últimos meses iria em breve retroceder, mas, naquele momento, parecia-lhe que não se conseguiria mover para lado nenhum, teria de permanecer ali, mergulhada na perplexidade e emparedada na angústia.

A voz de Vasile chegou-lhe de muito longe. Sugeria que ela voltasse para casa; ele trataria de tudo. Nadia não percebeu o que ele pretendia dizer — o que seria tratar de tudo em relação ao cadáver do marido? — mas obedeceu. Enquanto saía do parque em direção à rua, o vento norte engrossou, empurrando-a em sentido contrário ao da maior parte das pessoas. Em cada curva do caminho sentia-se a festa. Uma multidão precipitava-se para a Praça da República, mas ela não distinguia com nitidez nenhum rosto. Caminhava, mas era como se estivesse a voar com a lentidão de um sonho. Tinha um aperto na garganta e no peito e doía-lhe respirar. O clamor à sua volta soava imensamente longínquo, o simples rumor de um tumulto distante.

Em casa estava tudo tão silencioso que era como se não tivesse existido a revolução. Nem na sua sala conseguia respirar melhor. Andou às voltas, pensando como iria comunicar a morte de Paul à filha. Tinha a convicção de que, desde a morte de Drago, fora uma má mãe. Em casa da avó, Inga voltara a ser uma criança feliz. Sentou-se no sofá e pensou que o marido deveria ter morrido de frio. Mas, de certo modo, a sua morte ocorrera durante a prisão. Tanto para o mundo que o rodeava como para ela própria, Paul já tinha perecido há muito. Ainda assim, cada um dos seus gestos de fantasma comportava a lembrança do que acontecera ao filho. Agora, o ódio de Nadia deixara de fazer sentido.

Vasile veio ter ao seu apartamento no princípio da tarde do dia seguinte. Disse-lhe que já organizara o enterro de Paul. Nadia desceu com ele, de luto. Apanharam um elétrico quase vazio para o cemitério dos pobres. No meio das lápides, havia uma barraca de betão sem pintura que tinha uma abertura estreita. Lá dentro, estava uma mesa com um caixão aberto onde jazia Paul.

Quando voltaram do funeral, Nadia e Vasile regressaram juntos para a casa dela. As ruas estavam estranhamente vazias como se, depois de uma noite de festa, toda a gente se tivesse recolhido para dormir.

Nadia manteve-se de pé, como se não soubesse o que fazer na própria casa. Só desejava pousar a cabeça em algum lado. Adivinhando-o, Vasile abraçou-a, tentando transmitir-lhe em silêncio que seria possível inventar para eles um sentimento de plenitude. Nadia desejou acreditar num novo início. Nos braços dele, pela primeira vez em muito tempo, conseguiu encontrar algum consolo no futuro. Como se a rota do tempo mostrasse uma linha marcada para além da qual o sofrimento presente poderia ser aliviado. E ela começava a avistar essa linha.

Adverte-se aos curiosos que se imprimiu este livro em nossas oficinas, em 17 de julho de 2020, em tipologia Libertine, com diversos sofwares livres, entre eles, LuaLaTeX, git & ruby.

(v. 122245a)